बरगद

BOOKS CLINIC

Publisher: Booksclinic Publishing
Edition: First
ISBN: 978-93-90871-23-0

Genre: Fiction

बरगद

लेखक

समशेर कोसलिया 'नरेश'

समर्पण

अपने भारत वर्ष के सभी (भूत–वर्तमान–भविष्य) पर्यावरण एवं वृक्ष व वन्य प्राणी प्रेमियों को सादर समर्पण ....

भूमिका

समशेर कोसलिया 'नरेश' द्वारा लिखित पुस्तक 'बरगद' अपने आप में एक मौलिक व उपयोगी पुस्तक है। भारतीय संस्कृति अरण्य संस्कृति कहलाती है व यह वसुधैव कुटुम्भकम की भावना से ओत–प्रोत संस्कृति है। भारतीय संस्कृति में पेड़ों की महत्वत्ता पर विस्तार से प्रकाश डाला गया है। हमारे ऋषि–मुनि भी पेड़ों की छायां में बैठकर ही ध्यान एवं तपस्या किया करते थे। महात्मा गौतम बुद्ध को भी वट वृक्ष के नीचे ज्ञान की अनुभूति हुई थी। भारतीय महिला अमृतादेवी ने सन् 1730 में शमी के पेड़ों को बचाने के लिए अपने जीवन का बलिदान कर दिया व उनके साथ 363 स्त्री–पुरूष व बच्चों ने भी पेड़ों से चिपक कर अपना जीवन पेड़ों की रक्षा हेतु समर्पित कर दिया। पर्यावरण में सतुंलन कायम करने के लिए भी पृथ्वी के कुल क्षेत्रफल के **33%** भाग पर वनों का होना जरूरी है, वन पृथ्वी के हरे फेफड़े कहलाते हैं। जिस प्रकार मानव शरीर में फेफड़ों की भूमिका अति महत्वपूर्ण है। उसी प्रकार पृथ्वी पर संतुलन बनाने के लिए भी वनों का होना अति आवश्यक है। वनों की महत्वत्ता का अंदाजा तो इसी बात से लगाया जा सकता है कि मनुष्य को 24 घण्टों में सांस लेने के लिए लगभग साढ़े सोलह किलोग्राम ऑक्सीजन की जरूरत पड़ती है व यह ऑक्सीजन हमें पेड़ पौधों से ही मिलती है। अतः स्पष्ट है कि पेड़ों के बिना हमारा जीवन सम्भव नहीं है।

समशेर कोसलिया 'नरेश' द्वारा लिखित पुस्तक 'बरगद' 7 प्रमुख पेड़ों यथा; बरगद, पीपल, शमी, करील, नीम, हरिप्रिय व जाल के बारे में विस्तार से जानकारी प्रदान की गई है। ये सभी वृक्ष पर्यावरण की दृष्टि से उपयोगी होने के साथ–साथ आयुर्वेद की दृष्टि से भी बहुत

महत्वपूर्ण हैं। लेखक ने सभी 7 वृक्षों का अलग–अलग भाषाओं में भी नामों का वर्णन किया है ताकि किसी वृक्ष के बारे में समझने में किसी को कोई दिक्कत ना आए। पुस्तक में लेखक ने 'गाय' पर एक सारगर्भित एवं ज्ञानवर्धक लेख लिखा है। गाय पशु भी भारतीय संस्कृति की पहचान है व इसको गऊ माता के नाम से जाना जाता है। गऊ को माता कहकर पुकारना ही इसकी उपयोगिता एवं महत्वत्ता को इंगित करता है। लेखक ने गाय के विभिन्न पहलुओ पर विस्तार से प्रकाश डाला है।

यह पुस्तक अपने उद्देश्य में सफल हो। इन्हीं शब्दों के साथ मैं लेखक को साधुवाद देता हूँ कि इस तरह की वृक्षों व गाय आदि पर विस्तार से प्रकाश डालने वाली गिनी–चुनी पुस्तकें हैं जिनमें से यह एक है। आशा करता हूँ कि भविष्य में भी लेखक अपने लेखन कार्य से पाठकों को प्रेरित करते रहेगें।

दिनांकः– 29–11–2020

डॉ०आर०एन० यादव

पर्यावरणविद् एवं राष्ट्रीय राजीव गांधी मौलिक पुस्तक लेखन पुरस्कार से 2 बार विज्ञान भवन में राष्ट्रपति द्वारा सम्मानित।

पर्यावरण भवन
मकान नं. – 1356 सैक्टर–1
नारनौल जिला– महेन्द्रगढ़
पिनकोड– 123001

मन की बात

सबसे पहले संसार के प्रथम पर्यावरण वैज्ञानिक माने जाने वाले ऋषि उद्दालक के मंत्र का जाप कर लिया जाए तो कितना अच्छा रहेगा। ऊँ आरूणि देवाय नमः। मैंने अपने जीवन के पांच दसकों तक अनेक पुस्तकों की रचना की जिनमें पहेलियों की दो, कुण्डलियों की एक, बाल साहित्य की दो (एक अहीरवाटी अर्थात हरियाणवीं में, दूसरी हिन्दी में), नाटक विधा में दो (दोनों अहीरवाटी अर्थात हरियाणवीं में)। मुझे सबसे ज्यादा खुशी की अनुभूति अहीरवाटी बोली में लिखने से हुई थी उतनी ही खुशी की अनुभूति आज इस पुस्तक 'बरगद' को लिखने से हुई है। ज्ञात रहे कि अहीरवाटी बोली में लिखी गई मेरी तीसरी पुस्तक और हरियाणा साहित्य अकादमी द्वारा पुरस्कृत होने वाली पहली अहीरवाटी बोली की पुस्तक है 'दरद'। अहीरवाटी बोली के महत्व को आगे बढ़ाने का श्रेय मेरी पुस्तक 'दरद' को जाता है। चलो कोई इस श्रेय को मानें या न मानें। कोई इस बोली को महत्व दे या ना दे, यह तो पाठको के विवेक पर आधारित है। अब बात करते हैं जो पुस्तक आपके हाथों में है 'बरगद'। बरगद पुस्तक मेरे जीवन के छठे दसक की पहली और कुल आठवीं पुस्तक है। इस पुस्तक में सात वृक्षों पर विस्तार से जानकारी देने के प्रयास किये गये हैं साथ में एक अति महत्वपूर्ण पशु 'गाय' पर भी विस्तार से चर्चा करने का प्रयत्न किया गया है। हो सकता है कि मैं कम पढ़ा–लिखा यानी दसवीं तक होने के कारण कोई त्रुटियां जैसे शब्दों की, मात्राओं की, पूर्ण विराम, हलंत्, अर्ध विराम, चन्द्र बिन्दु, बिन्दु इत्यादि की तो मैं क्षमा प्रार्थी हूँ। मैंने यह पुस्तक पर्यावरण संरक्षण में महत्वपूर्ण भूमिका निभाने वाले अहम् हिस्सों में से चंद वृक्षों तथा गाय पर विस्तार से जानकारी जुटाने और पुस्तक में देने का प्रयास किया है। कुछ वृक्षों तथा गाय को धर्म से जुड़े होने की वजह से सनातन (हिन्दू) धर्म से भी जोड़ा गया है। बोद्धधर्म से भी जोड़ा गया है। यह समाज में, लोगों में, जैसी मान्यताएं है, जैसा घटित हुआ, जैसा घटित हो रहा है उसी के

आधार पर तथा विभिन्न ग्रन्थों में उल्लेखित होने की वजह से भी जानकारियां धर्म से समाज से जोड़ी गई हैं। किसी भाई–बहन को, किसी भी धर्म के अनुयायी को, कोई किसी प्रकार की, कोई ठेस पहुंचाने के लिए नहीं लिखा गया है। अगर किसी को कोई किसी प्रकार की फिर भी कोई ठेस पहुंची हो तो मैं क्षमा प्रार्थी हूँ। मैंने तो केवल–केवल पर्यावरण को लेकर पुस्तक लिखी है। पर्यावरण ही एक ऐसा पहलू है जो सभी मनुष्यों, पशु–पक्षियों, कीट–पतंगों, यानी धरती पर रहने वाले सभी प्राणियों के लिए अहम् आवश्यक है यदि पर्यावरण प्रदूषित होगा तो सभी का नुकसान होना लाजमी है। प्रदूषित पर्यावरण गरीब–अमीर, हिन्दू (सनातनी), मुस्लिम, सिख, ईशाई, बौद्ध–जैन, यहुदी, पारसी इत्यादि किसी को नही देखता है। प्रदूषण का एक ही धर्म है एक ही कानून है सभी प्राणियों को नुकसान पहुंचाना। स्वच्छ पर्यावरण का एक ही विधान है सभी प्राणियों को लाभ पहुंचाना। कहने का तात्पर्य यह है कि सभी के लिए स्वच्छ पर्यावरण उत्तम होगा। इसलिए मेरी धरती के सभी मानवों से अपील है कि हमें पर्यावरण का संरक्षण करके शुद्ध वातावरण बनाकर अपने आपको मानव से महामानव बनना है और बनाना है। और आज ही संकल्प लें कि हमें पर्यावरण को बचाना है। पुस्तक 'बरगद' को पढकर आप प्रबुद्ध पाठकों द्वारा कमियों को मुझ तक भले ही डाट–फटकार के साथ बताकर अहसास दिलायेगें। मुझे पूरी उम्मीद है। शुभकामनाओं के साथ!

दिनांकः– 09–12–2020

आपका अपना

प्रिय,

समशेर कोसलिया 'नरेश'

एक किसान–साहित्यकार
गांव व डाकघर–स्याणा
वाया–कनीना
जनपद–महेन्द्रगढ–123027
राज्य– हरियाणा (भारत)

विषय सूची

बड़ा महत्वपूर्ण है हरि प्रिय वृक्ष

पेड़ धरती का श्रृंगार माना जाता है। पेड़ धरती की रूह होते हैं। पेड़ यदि नहीं होते तो शायद ही पृथ्वी पर जीवन संभव हो पाता। जब हमें इसका आभास है तो हमें पेड़ो को काटने की बजाय अधिक संख्या में इनका रोपण करके पेड़ों को बढ़ाना होगा। यदि हम पौधारोपण करते हैं, तो फलदार पौधों के साथ–साथ एक पौधा पीपल, बड़, कदम्ब, नीम, शीशम, अशोक, सिरस, कीकर, सहिंजना, धव आदि में से अवश्य लगाने होगें। अगर जगह कम है, तो हमें नीम, अशोक, शीशम, रोहेड़ा आदि में से लगाने चाहिए। अगर जगह काफी हो तो कृषि प्रधान देश भारत के हर किसान को प्रत्येक खेत में कम से कम एक कदम्ब, नीम, शमी का पौधा तो जरूर रोपण करें। गांव–कस्बे आदि की गोचर अथवा बंजर भूमि में भी ग्राम पंचायत/ नगर पंचायत/ नगर पालिका/नगर परिषद्/नगर निगम द्वारा अधिकाधिक इनका पौधा रोपण करना चाहिए। निम्न पहेली पर ध्यान दें।

साढे तीन अक्षर में नाम।
लकड़ी आती मणियों के काम।।
इस पर बैठ कृष्ण ने बंशी बजाई।
इसकी उम्र भी हजारों साल बताई।।

उपरोक्त पहेली से तो आप समझ गए होगें कि यह पहेली किस वृक्ष पर है। इस पहेली का उत्तर समझ में आ गया होगा। यदि उत्तर समझ में नहीं भी आया हो तो इसी वृक्ष पर एक दूसरी पहेली प्रस्तुत है:–

1 ..बरगद

तीन अक्षरों का है मेरा नाम।
आदी कटे हिम्मत बनना काम।।
अन्त कटे तो ऊंचाई बनती।
मध्य कटने पर घटाई बनती।।

इस पहेली से भी न समझे हों तो अगली पहेली प्रस्तुत है:–

गेंदाकार फूलों से इसका नाता।
फूलों से है मानव इत्तर बनाता।।
यह वृक्ष होता है विशाल।
आयु होती हजारों साल।।

यह पहेली भी प्रस्तुत है:–

डग–डग से जुड़ता मेल।
बच्चें इस पर खेले–खेल।।
तीन अक्षर में इसका नाम आता।
श्री कृष्ण से भी जुड़ता नाता।।

उपरोक्त प्रस्तुत चार पहेलियों से आप समझ गए होगें यदि नहीं भी समझे तो बता देना अति आवश्यक है कि यह वृक्ष है कदम्ब (कदम)। इस वृक्ष के बढावे के लिए अधिक से अधिक पौधारोपण करना चाहिए। यदि किसी के पास खुद की पर्याप्त जमीन न हो तो उसे चाहिए कि वह ग्राम पंचायत/नगर पंचायत/नगर पालिका/निगम की बंजर भूमि या शहरों में पार्को (बगीचों) में ज्यादा से ज्यादा पौधारोपण करके पौधे का पालन–पौषण करें।

इसे संस्कृत में नीप, प्रियक, हळिप्रिय, वृत्तपुष्प, सुरभि, हरिप्रिय, जीर्णपर्ण, कदम्ब, हिन्दी में कदम, कदम्ब, कदंब, बंगला में कदम, कदमगाछ, मराठी में राजकदम्ब, कलंब, गुजराती में कदंब, गंठोडियों, कदम्ब, अरबी में कदंबमु, कदम्ब, तामिल में पेल्लइ

कदम्ब, कदम्ब, तैलिंगी में कदम चेटु, कर्नाटकी में कडदु, कडवाल, भर, तेलगू में कदीमी, हरियाणवीं में कैम, देहाती में कैमा, लैटिन में एन्थोसिफाल्स कडाम्बा, (कडवा), एन्थोसिफेरस कडम्ब नाम से जाना जाता है। कदम्ब की भी कई जातियां होती है यथा; राज कदम्ब, धारा कदम्ब, धूलि कदम्ब, भूमि कदम्ब, कदम्बिका हैं। कदम्ब का कुल (वंश) रूबिएसी है।

रूबिएसी वंश के इस पेड़ में जो गुण विद्यमान होते हैं उनके बारे में इस पेड़ का पौधारोपण करने के पश्चात स्वतः ही पता चल जाएगा फिर भी कुछ गुण इस पेड़ के बताने के प्रयास किये जा रहे हैं। पाठक वर्ग मुझ से भी अधिक विद्वान हैं जो इस पेड़ पर ध्यान दिलाने के बाद शायद बहुत कुछ खौज सकता है।

आयुर्वेदानुसार इसकी छाल तेज, कड़वी, मृदु, कषैली, यह कामोद्वीपक, शीतल, दुष्पच्य, दूध बढ़ाने वाली, संकोचक, विष निवारक, घाव भरने वाली, गर्भाशय की शिकायतों, रक्तरोग, वात, कफ, पित्त, जलन में लाभदायक है। इसका फल गर्म, कामोद्वीपक तथा पका हुआ फल पित्त कारक होता है।

युनानी मत के अनुसार इसकी कच्ची कोपलें सर्द और पचने में हल्की होती है ये बदहजमी में फायदा पहुंचाती हैं। बच्चों के बदन (शरीर) पर लाल चकते पड़ने की बीमारी में भी यह फायदेमंद होता है। इसके फल गर्म, चिकने, क्षुधावर्धक, वीर्य व कफ को बढाने वाले, इसके फूल और पत्ते रक्त विकार, पित्त की बीमारी में लाभकारी, फोड़े–फुंसी, गले के दर्द में लाभ पहुंचाने वाले, महिलाओं के स्तनों को पुष्ट व सख्त करते हैं। इसकी छाल का काढा ज्वर में पिलाया जाता है। इसके पत्तों के काढे से कुल्ले मुंह के छालों में किये जाते हैं। यह वृक्ष तीक्ष्ण, कड़वा, तूरा, खारा, शुक्रवर्धक, शीतल, गुरू, विष्टम्भक, रूक्ष, स्तन्यप्रद, ग्राही कर्णकार होता है। वहीं रक्तरोग पित्त, कफ, व्रण, दाह, विष, मूत्रकच्छ, वायु का नाश करने वाला होता है। इस वृक्ष के अंकुर (कोंपल) फीके,

शीतवीर्य, अग्नि दीपक, हल्के होते हैं, अरूचि, रक्तपित्त, अतिसार को दूर करने वाले होते हैं। इसके फल रूचिकर, भारी, उष्णवीर्य, कफकर होते हैं वहीं पके हुए फल कफकर, पित्तकर, वातनाशक होते हैं। इसकी छाल का रस बच्चों को गला बैठ जाने पर मस्तिष्क पर लगाया जाता है। आंख दुखने पर भी छाल के रस में अन्य जड़ी–बूटियां मिलाकर आंखों पर लेप किया जाता है। छाल के काढे से कुल्ले करने से मुख के छाले मिट जाते है। कदम्ब का वृक्ष औरतों की छाती को दृढ़ और स्थूल करता है। कफकारी व शीतल होता है। (भारतीय जड़ी–बूटियां व वनौषधि शतक पुस्तकों से कुछ अंश)।

कदम्ब के पेड़ पर प्रतिवर्ष आषाढ–सावन (वर्षा ऋतु के आगमन पर) माह में गेंद जैसे छोटे पीले या सफेदी युक्त रंग के फूल लगते हैं। ये फूल जब पूरे खिल उठते हैं तो इसके बाद आसोज मास (सर्द ऋतु आने से पूर्व तक) तक गोल टिण्ड्रा में तबदील हो जाते हैं। गेंदाकार टिण्ड्रा में सैंकड़ों की संख्या में सूक्ष्म बीज होते हैं, जैसे धनिया के बीज होते हैं। जनश्रुति के अनुसार इसके बीज का सिधा जमीन में रोपण करने से ये नहीं उगते हैं। इनकों पक्षी खा जाते हैं और उनकी बिष्ठा (बीट) के माध्यम से ये बीज जमीन में पहुंचने पर ही उगते हैं। इनके टिण्ड्रे को कूट कर बीजों को निकाल लें और गोबर या केंचुआ खाद में मिलाकर अधिक नमी वाली भूमि में बिजाई कर दें और लगातार नमी बनाए रखने से ही ये बीज उग सकते हैं। मोस नामक घास को पानी में भिगोकर, इसकी पतली टहनी की एक इंच चारो ओर से छाल उतार कर, उस पर भिगोई हुई घास को निचोड़कर लपेट दें तथा घास पर पारदर्शी पन्नी (प्लास्टिक का कागज) को लपेटकर हल्का–सा बांध दें ताकि एक से डेढ माह तक जड़ें अंकुरित हो जाने पर दिख सकें। फिर जिस स्थान पर रोपण करना हो, वहां पर पेड़ की तरफ से टहनी को काट कर रोप दें। पक्षी बिष्ठा की

वजह से ही इस वृक्ष के पौधे झाड़ियों के मध्य में उगे हुए कदम्ब बाहुल्य क्षेत्रों में मिलते हैं।

वैसे तो किसान भाई इसे धार्मिक एवं वास्तुशास्त्र परम्परानुसार खेत के ईशान कोण (पूर्व–उत्तर के बीच की दिशा) पर रोपते हैं। जिसे अति शुभ भी माना जाता है। इस वृक्ष को भेड़–बकरी, ऊंट आदि पशुओं से बचाने हेतु सुरक्षा के इन्तजाम भी करने जरूरी होते हैं क्योंकि यह कम से कम 25–30 वर्ष में थोड़ा–सा वृक्ष के आकार का दिखाई देने लगता है। इसमें जीवित रहने की क्षमता भी हजारों वर्ष तक होती है।

जिस तरह रूद्राक्ष का पवित्र वृक्ष भगवान शिव का प्यारा वृक्ष है ठीक उसी तरह कदम्ब का पेड़ भी भगवान विष्णु (श्री कृष्ण) का प्रिय है। संस्कृत में इस वृक्ष को इसीलिए हरिप्रिय नाम से जाना जाता है। जिस प्रकार रूद्राक्ष की लकड़ी से मणियें और मालायें बनती है ठीक उसी तरह कदम्ब की लकड़ी से मणियें और मालायें बनाई जाती हैं। कदम्ब की लकड़ी के मणियों की मालायें ज्यादा संख्या में भारत के कांवड़ियों (कांवरियों) के पास देखने को मिल जाती है। इसकी लकड़ी से वर्षभर हल्की–सी सुगन्ध आती रहती है। जब वर्षा ऋतु का आगमन होता है, तो उस समय पीले या सफेदी युक्त गेंदाकर फूल खिल उठते हैं तथा इन फूलों से फूटने वाली सुंगध से सम्पूर्ण वातावरण सुंगधमय हो जाता है और यह पेड़ पास से गुजरने वाले हर पथिक को अपनी ओर आकर्षित करके अपनी छांव में विश्राम किये बगैर नहीं जाने देता है। इस वृक्ष को विष्णु जी (हरि) का प्रिय वृक्ष होने की वजह से ही इसे हरिप्रिय नाम से भी जाना जाता हैं

यह वृक्ष भगवान श्री कृष्ण का प्रिय वृक्ष होने की वजह से ही तो महान् कवि शुभद्रा कुमारी चौहान ने एक कविता की रचना की थी जिसकी ये पंक्तियां देखियेः–

यह कदम्ब का पेड़ यदि मां होता यमुना तीरे।
मैं भी उस पर बैठ कन्हैया बनता धीरे–धीरे।।

इस वृक्ष का जहां धार्मिक महत्व है वहीं इसका आयुर्वेदिक महत्व भी है। आयुर्वेदिक ही नहीं अपितु छायां प्रदान करने वाला भी यह वृक्ष है वहीं इसकी छांव में बैठने वाला महारोगी भी एक–दो दिन के लिए स्वस्थ हो जाता है क्योंकि इसकी मन्द–मन्द महक मन व तन को हर्षित कर देती है तथा मन चंगा हो जाता है। 'मन चंगा तो तन चंगा' वाली कहावत चरितार्थ हो जाती है।

कदम्ब का पेड़ किसी जोहड़, पोखर, सरोवर, झील के किनारे, स्थित हो तो इस पर झरनी–डंका नामक बच्चों का रोमांटिक खेल–खेलने में बड़ा मजा आता है। एक ओर खेल–खेलने से मनोरंजन होता है वहीं दूसरी ओर जोहड़–पोखर आदि में छलांग लगाने और तैरने का भी मौका मिल जाता है साथ में शारिरिक कसरत भी हो जाती है। पहले जमाना था कि जोहड़ के किनारे कदम्ब वृक्ष की छायां में पशुओं के चरवाहे (ग्वालें) दोपहर के वक्त जोहड़ में अपने–अपने पशुओं को पानी–पीने व नहाने के लिए घुसाकर स्वयं इसकी छायां का भरपूर आनन्द उठाते हुए झरनी–डंका के खेल को खेलने थे तथा जोहड़ में नहाते और तैरते थे। इसी तरह से ही तो शहरों की अपेक्षा गांवों के लोगों को अधिक संख्या में तैरना आता है। ऐसा उन्हीं गांव के लोगों को नसीब होता था जिन गांवों में जोहड़ या पोखर होते थे। इस नसीब को पहले महसूस किया था उन गांवों के लोगों ने जहां हरि प्रिय वृक्ष मौजूद थे। हरियाणा के महेन्द्रगढ जनपद के ऐतिहासिक गांव स्याणा के चरवाहों को हरिप्रिय वृक्ष पर झरनी–डंका का खेल–खेलने तथा धार्मिक पर्यटन स्थल पांडव कालीन सरोवर 'ढाब' में नहाने व तैरने का सुअवसर आज भी मिल रहा है। इस खेल का मौका लोक महाकवि गुणी पं. सुखीराम ने भी नहीं गंवाया 1 वे जब ग्वाला थे, तब भी इस खेल एवं नहाने

का आनन्द उठाते थे और लोक गायक कवि बनने के पश्चात् भी आनन्द उठाते थे, वहीं उनकी कविताओं में इस खेल का इस पेड़ का नहाने व तैरने का वर्णन अवश्य मिलता है। वह श्री कृष्ण के प्रिय भक्त कवि थे।

महाभारत कथानुसार पांडवों और कौरवों को भी कदम्ब वृक्षों पर झरनी–डंका के खले–खेलने का भी विभिन्न ग्रन्थों में उल्लेख मिलता है। इस वृक्ष का अतीत भगवान श्री कृष्ण, पाडंवों–कौरवों एवं अनेक कवियों से भी जुड़ा हुआ है। कदम्ब के परिपूर्ण वृक्ष की छांव में विद्यार्थियों की तीन–चार कक्षाएं बैठ कर शिक्षा अध्ययन कर सकती है। इसकी छांव रोगमुक्त होती है साथ ही रोगी को एक बार के लिए रोग मुक्त कर देती है। इसके पेड़ से निकलने वाली सुगंध, गन्दगी से आने वाली दुर्गंध (बदबू) को भी बेअसर कर देती है। इसकी छाया शीतल एवं स्वास्थ्य वर्द्धक होती है। पतझड़ में इसके पत्ते झड़ते हैं और ग्रीष्म ऋतु आते–आते पुनः पत्ते आ जाते हैं। ये पूर्ण छायां देने लग जाते है। कहने का मतलब यह है कि इस वृक्ष की छायां आवश्यक समय पर मौजूद रहती है। इस वृक्ष की जड़ें भूमि की ऊपरी सतह पर नहीं होती बल्कि भूमिगत गहरी होती हैं जिससे खेतों में उगाई जाने वाली किसी भी फसल को यह वृक्ष कोई नुकसान नहीं पहुंचाता है। इसकी गहराई तक पहुंची हुई जड़ें पोषक तत्वों को ग्रहण करके वृक्ष के विकास में सहायक होती है। इस वृक्ष पर कांटे नहीं होते हैं। पत्तों से भेड़–बकरी, ऊंट आदि पशुओं के लिए हरा व सूखा चारा भी प्राप्त हो जाता है। कुम्हार वर्ग को मटके (घड़े) आदि पकाने के लिए इसके सूखे पत्तों से काफी फायदा मिलता है। इसके पत्तों को पानी में डालकर उबले हुए पानी से नहाने (लगातार) से अनेक तरह के चर्म रोग से मुक्ति मिल जाती है।

यह वृक्ष जब भी परिपूर्ण हो और इसे बेचना चाहें तो पूरे दामों में बिकता है। कहा जाता है कि एक परिपूर्ण हरे वृक्ष का

आजकल भाव लाखों रूपये है। इस वृक्ष से पर्यावरण प्रदूषण से बचने में काफी सहायता मिलती है। सूखा पड़ने पर भी यह जल्दी से सूखता नहीं है, क्योंकि इसकी जड़ें भूमिगत जल की गहराई तक पहुंची हुई जो होती हैं तथा उचित खुराक का संग्रह करके वृक्ष तक पहुंचाती रहती है। वन विभाग यदि इस वृक्ष की ओर ध्यान दे तो इस पेड़ के नीचे पौधे तैयार करके लोगों को कीमत के आधार पर वितरित करके इस वृक्ष को विलुप्त होने से बचा सकता है। कदम्ब के वृक्ष 'बाघेश्वर धाम' (बाघोत), स्याणा, पोता, बहु, ढोसी पर्वत, खेड़ी (कांटी), हिन्डोल, पांडु–पिडांरा, चण्डीगढ में सैक्टर 9–10 के मध्य सड़क के दोनों ओर तथा रेवाड़ी में नेताजी सुभाष पार्क में, बालरोड़, गांव में काफी संख्या में मिलते थे जिनकी संख्या में दिन–रात काफी कमी आती जा रही है। वृन्दावन क्षेत्र में भी इस वृक्ष की संख्या घटती जा रही है। यह एक चिन्ता का विषय है।

जिस वृक्ष का अतीत इतना अच्छा रहा है तथा भगवान श्री कृष्ण, कौरवो–पांडवों से जुड़ा हुआ है उस वृक्ष की कम होती संख्या को बढ़ाने का किसी भी महानुभाव का ध्यान नहीं है। मैंने इस वृक्ष पर शोधपूर्ण लेख लिखे और वे लेख अनेक पत्र–पत्रिकाओं में छपे तो ढाब सरोवर आश्रम (ऋषि उद्दालक आश्रम) के पूजारी श्री शरधानन्द जी ने ढाब आश्रम के आस–पास सैंकड़ों की संख्या में कदम्ब के नये पौधों का रोपण करके धार्मिक स्थल को धार्मिक पर्यटन स्थल का दर्जा प्राप्त करने के लायक बना दिया। इस स्थल पर इतनी अत्यधिक संख्या में कदम्ब ही नहीं अपितु और भी वृक्षों का पौधा–रोपण करके एक ऑक्सीजन प्लांट लगाने का काम किया गया है। इस वृक्ष के महत्त्व को समझ कर मैंने भी एक टूटी–फूटी कविता रचने की ठानी। वह कविता निम्न प्रकार से प्रस्तुत की जा रही है शायद अच्छी लगेः–

दोहा– कोई न तो कांटा है, कदम्ब में हैं फूल।
सदा इसे रख बनाये, कभी न जाना भूल।।

टेक– जोहड़ के पास खड़ा कदम्ब का पेड़।
सबका ही प्यारा कदम्ब का पेड़।।

(1) कैसा तो घना खूब ऊपर तक छाया,
नभ को है छूता–सा कदम्ब का पेड़।

(2) जोहड़ के जल में छायां यूं है लगती,
झांक रहा ज्यों अन्दर कदम्ब का पेड़।

(3) हवा है चलती और जब हिलतीं डालें,
बुला रहा है लगता कदम्ब का पेड़।

(4) खिले हुए पीले से फूल सुगंधित,
सबको ही है देता कदम्ब का पेड़।

(5) बनता है इत्र इन सुगन्धित फूलों से,
श्री कृष्ण का है प्यारा कदम्ब का पेड़।

(6) देता है शीतल छायां सकल जन को,
रोग से है बचाता कदम्ब का पेड़।

(7) जब आता है आषाढ का महीना,
खूशबू बिखेरता है कदम्ब का पेड़।

(8) सुगंधी इतनी घनी देता है यह,
चन्दन को भी भुलाता कदम्ब का पेड़।

(9) कृष्ण ने इस पर बैठ बन्शी बजाई,
उनकी याद दिलाता कदम्ब का पेड़।

(10) शेर' का पैगाम हर घर में सुनाओं,
और लाओ–बढाओ कदम्ब का पेड़।
सबका ही प्यारा कदम्ब का पेड़।।

अरावली पर्वत श्रृंखला के उत्तरी और अंतिम छोर एवं थार मरूस्थल के उत्तर–पूर्वी और अंतिम छोर पर स्थित महेन्द्रगढ जनपद में भी अगर यह वृक्ष पनप सकता है और पांडव कालीन ढाब सरोवर के तट पर हजारों वर्ष पुराने विशाल कदम्ब के वृक्ष मौजूद हों, तो है न आश्चर्य की बात। प्राचीन वृक्षों की जड़ों के पास की मिट्टी बारह मास जोहड़ में पानी भरे रहने से खिसक जाने की वजह से जड़े खोखली हो जाने पर तेज आंधी–तूफान के वेग को सहन नहीं कर पाती और उखड़ कर वृक्ष गिर जाते हैं जिससे इनकी संख्या में देखते ही देखतें काफी कमी आती जा रही है। अकेले ढाब सरोवर क्षेत्र में सैकड़ों की संख्या में कदम्ब वृक्षों की संख्या अब घटकर दर्जनों ही रह गई है। अगर यह वृक्ष किसी दिन विलुप्त हो जाएगा। श्री शरद्धानन्द जी जैसे महा पुरूष इसकी नई पौध लगाने वाले इस संसार को अलविदा कह देंगें, तब लोग पछताएगें और याद करेगें कि डायनासोर की तरह ही कदम्ब नाम का वृक्ष भी इस धरा पर कभी हुआ करता था। इसकी नई पौध लगाने व प्राचीन वृक्षों के चारों ओर पक्के चबूतरे बनवाकर सरकार व समाज को मिलकर संरक्षण करना होगा। विवाह–शादी, जन्म दिन, रस्मपगड़ी आदि प्रचलनों पर धन लुटाने की बजाय समाज को वृक्षों के बचाव व देख–रेख में ध्यान देकर धन खर्च करना चाहिए। इसी में मानव धर्म, जीवों एवं पर्यावरण का बचाव निहित है। पर्यावरण बचा तो सब बचे। इसलिए पर्यावरण सरंक्षण करना दूसरे के लिए नहीं अपितु अपने बचाव के लिए करना समझदारी, यदि संरक्षण न किया तो पागलपन है। पर्यावरण बचाव

एक चालक (ड्राईवर) की सोच की तरह होना चाहिए। यदि चालक वाहन चलाते समय बचाव की क्रिया दूसरे वाहन चालकों के भरोसे पर छोड़ेगा तो वह सच में जल्दी ही दुर्घटना का शिकार होगा। चालक दूसरे वाहन चालकों को यदि पागल मान कर स्वयं बचाव की क्रिया पर बल देगा, वह कभी भी दुर्घटना ग्रस्त नहीं हो सकता। इसी तरह हर मानव दूसरों के भरोसे पर न छोड़ कर स्वयं पर्यावरण सरंक्षण में जूटेगा तब ही पर्यावरण संरक्षण सम्भव है। इस वृक्ष पर एक कुंडली भी रची गई है जो आपके समक्ष प्रस्तुत की जाती हैः–

ऐसा कदम होता है, जिसका कदम्ब नाम।
हरि प्रिय कृष्ण का प्रिय, सुगन्ध देना काम।।
सुगन्ध देना काम, खेल झरना–डन्की का।
उछल कूद का काम, जैसे होत मन्की का।
कह 'कौशल' कवि राय, पत्ता लहसूड़ा जैसा।
रोगी होते ठीक, होता है कदम ऐसा।।

हिन्दी में करम, कैमा, लेटिन में निट्रागाइना पार्विफोलिया, हिन्दी में जात कदम, हलदू, संस्कृत में केलिकदंब, लेटिन में एडिना कॉर्डिबोलिया नाम से दो किस्में हैं जिनमें पहली धारा कदंब, दूसरी धूलि कदंब है।

धरती का कल्पतरू है 'नीम'

धरातल के सौन्दर्य को संवारा है वृक्षों ने। वृक्ष ही धरातल के सबसे महत्वपूर्ण एवं सुघट श्रृंगार माने जाते हैं और इन पर जितने भी लेख–लिखें जाये जितने भी अधिक से अधिक पौधारोपण किया जावे, वह कम ही पड़ता महसूस होगा। वृक्षों के अलावा पौधा, कदं एव मूल, लता तथा घास आदि को भी श्रृंगार की श्रेणी से अलग नहीं समझा जाता। ये भी बड़े ही महत्वपूर्ण होते है।

वृक्षों पर लिखे जाने वाले लेखों की श्रृखंला में जिस वृक्ष पर लेख–लिखा जा रहा है उस पर कुछ पहेलियां निम्नलिखित आप सुधि पाठकों के समक्ष प्रस्तुत है।

एक वृक्ष दो अक्षर का बताया, करता यह कीटों का सफाया।
उल्टा अंग्रेजी का धन कहलाये, यह औषधी, दातुन के काम आये।।

एक पहेली और प्रस्तुत है:–

दो अक्षर में है नाम बतलाये, भारत का यह गौरव कहलाये।
छाल मूल त्वचा गोंद फल बीड़ा पुष्प काम आये, लकड़ी भी इमारतों में लगाई आम जावे।।

अगली पहेली भी प्रस्तुत है:–

यह वृक्ष होता बड़ा महत्वपूर्ण, इसके पांच अंग का बनता पूर्ण।
ज्यादा भाषाओं में एक ही नाम आता, औषधी में है खूब ही यह काम आता।।

एक और पहेली आपके समक्ष रखी जाती हैः–

यह किसानों की आत्मा, करें कीटों का खत्मा।
लकड़ी से इमारत फर्नीचर दातुन, इसके पत्तो से औषध और साबुन।।

इसी तरह एक पहेली और प्रस्तुत की जाती हैः–

राजकीय वृक्ष आन्ध्र प्रदेश का, धरती का रहा कल्पतरू हमेश का।
देता कीटनाशक फल खाद दवा, पर्यावरण को मिले है शुद्ध हवा।।

लेखश्रृंखला में 'नीम' को शामिल किया जा रहा है। यह आवश्यक हो गया था इस लिए इस वृक्ष पर लेख–लिखा जाता है। अत्यधिक गुणों से सम्पन्न एवं संसार की महान औषधियों को अपने अन्दर समेटे हुए इस वृक्ष की सकल जानकारी को समेटने वाले इस लेख में पढ़िये; इस वृक्ष के गुणों के बारे में जब जानकारी मिलेगी तो स्वतः ही इसके गुणों का आभास होने लगेगा। इससे प्राप्त औषधियों का जब इस्तेमाल करेंगे तो दूसरी एवं अंग्रेजी दवाओं को भी भूलकर, इसकी दवाओं को अमल में लाना शुरू कर देने की उम्मिद है।

इस वृक्ष को संस्कृत में निम्ब, अरिष्ट, पिचुमन्द, प्रभद्र, तिक्तक, पारिभद्र, हिन्गुनिर्यास, पिचुमर्द, प्रमह, हिन्दी में निम्ब, नीम, बंगला में नीम, नीमगाछ, निम्गाछ, गुजराती में लीमड़ों, लींबड़ों, लिमवड़ों, पंजाबी में निबं, निम, मराठी में कडूलिबं, कडूनिम्ब, निबं, वालन्त लिव, तमिल में बेबूं, वेंपु, वेप्पु, वेम्वु, कर्नाटकी में वेंबु, बेविनसर, तैलिगी में वैप्पा, उड़िया में नीमो, तेलगू में वेपु, मलयालम में वेत्यु, वेप्पु, आर्य वेप्पु, फारसी में नीबं, नेव, बनीम, दरख्त हक, सिंधी में निमु, अरबी में आजाद दरेख्तुल हिन, पंजाबी में निबं, अंग्रेजी में नीम ट्री, मार्गोशा इंडियन तिलैक, लेटिन में मेलिया एसादिलेटा,

एजोडिरेक्ता इण्डिको नामों से जाना जाता है। इस वृक्ष का वंश मेलिएसी है। इस वृक्ष को हिन्दी, बंगला जैसी समृद्ध भाषाओं के साथ–साथ अंग्रेजी भाषा में भी नीम नाम ही दिया गया है ऐसा क्यों? नीम जैसे महत्वपूर्ण वृक्ष का अमेरिका में पेंटेंट क्यों किया? इस पर कई सवाल उठ खड़े हुए है। इन सभी सवालों का सरल जवाब एक ही है कि नीम सर्वाधिक रोगों को दूर करने वाली औषधियों का भंडार है वहीं कीटनाशक के रूप में भी महत्वपूर्ण है। यह बहुगुणों से सम्पन्न वृक्ष है। इस वृक्ष का प्रत्येक भाग कड़ुवा होने के बावजूद भी इसके प्रत्येक भाग महत्वपूर्ण हैं। इसके प्रत्येक भाग का अगर बारिकी से अध्ययन किया जाय, तो पता चल जाएगा कि भारतीय मूल के प्राचीन ऋषियों ने इसको श्रेष्ठ वृक्षों की अग्रणी पंक्ति में स्थान क्यों दिया है? इस वृक्ष के गुणों एवं उपयोगिता पर आम भारतीय को गहरा चिन्तन करने की आज के समय की मांग है।

बीस वर्ष की आयु में यह परिपूर्ण पेड़ का रूप धारण कर लेता है। नीम का पेड़ एक विशाल पेड़ होता है। इस वृक्ष की तीस से पचास फुट की ऊंचाई होती है। यह छायांदार वृक्षों की अग्रणी श्रेणी में गिना जाता है। इसकी छायां शीतल एवं तपती धूप के दिनों में बनी रहती है। इसकी छायां जहां स्वास्थ्यवर्धक होती है वहीं इस वृक्ष से निकलने वाली गन्ध से पर्यावरण शुद्ध होता है। सब से पहले इसकी छाल पर अध्ययन करे तो पता चलता है कि यह कितनी उपयोगी होती है। इसकी सूखीछाल को पानी के साथ घिसकर फोड़े–फुन्सी पर लेप करने से बहुत लाभ होता है वहीं इसको अनाज में रखने पर कीड़ों से साल भर सुरक्षा होती है।

नीम के पत्ते तो बहुत ही गुणकारी होते हैं। पत्तों की ताकत पर ही तो यह छायां देता है वह तो है ही, साथ ही पत्तों को अनाज में रखने से अनाज को कीड़ों से बचाता है। अंग्रेजी दवा डिटोल हमारे जीवन में जिस काम मे उपयोगी होता है उससे कहीं

अधिक इसके पत्तों के साथ उबला हुआ पानी उपयोगी होता है। इस पानी को अगर सब्जियों, फसलों पर कीटनाशक के स्थान पर (एवज में) छिड़काव किया जाए तो कीटों का तो नाश होगा ही, सब्जियों, अनाजों के खाने पर रासायनिक कीट नाशकों का जो हमारे शरीर पर बुरा असर होता है उससे भी छुटकारा मिल सकता है। नीम के पत्ते, तम्बाकू के पत्ते, धतूरे के पत्ते, आक के पत्ते, सरसों की खली सभी सगमात्रा में लें, और सकल सामग्री आने पर भी पात्र आधा खाली रह जाए ऐसा पात्र लें, उस पात्र में सारी सामग्री डालकर, उसे पानी से ऐसा भरे कि पात्र जरा–सा रीता रह जाए। उसे ढक कर एक माह के लिए रख दें। एक माह पश्चात जो गीलापन का घोल प्राप्त हो उसे किसी भी वृक्ष का पौधारोपण करना हो उसमें घोल को खोदे हुए गड्ढे की तली में यानी गहराई में डाल दें, साथ में एक सौ से दो सौ ग्राम की गुड़ की ढेली भी डाल दें और ऊपर पौधारोपण कर दें। ऐसा करने से पौधे को खाद व कीटनाशक दोनों एक साथ प्राप्त हो जाएगें। इससे पौधा जल्दी (गति) से बढेगा और कीट–कीड़ों से भी सुरक्षा होगीं। यह प्रक्रिया मेरी स्वयं की भी आजमाई हुई है। इस घोल का स्प्रै किसान अपनी फसलों–सब्जियों पर भी कर सकते हैं। फसलों–सब्जियों पर भी रासायनिक कीटनाशकों से ज्यादा फायदे मंद होगा। आप भी करके तो देखिये। इसका घोल सूख जाए तो सूखे हुए खाद को भी पौधे में, खेत में डाल सकते हैं। इस घोल को तैयार करने में कुछ भी खर्चा नहीं और फायदे ही फायदे है।

इसके पत्तों का घर में रहने मात्र से ही ज्यादातर विषयुक्त कीटाणुओं का अपने आप ही नाश हो जाता है। इसके पत्तों का अर्क जिसमें वाशिंग पाउडर व गौमूत्र मिलाकर भी देशी कीटनाशक तैयार किया जा सकता है। एक विशेष बात और है कि रासायनिक कीटनाशकों का यदि आवश्यकता से अधिक छिड़काव होने पर या रासायनिक खादों को आवश्यकता से ज्यादा डालने से पेड़–पौधों–फसलों–सब्जियों को हानि होती है इससे

कोई हानि नहीं होगी और न ही फल–अनाज–सब्जियों का सेवन करने वालों को कोई हानि पहुंचेगी। इसके पत्तों से अनेक दवाओं का काम लिया जाता है। पत्तों का सार तो आधुनिक साबुनों (नहाने व धोने) में भी मिश्रित किया जाता है।

शव यात्रा एवं दाह संस्कार के पश्चात शव यात्रा में शामिल सभी लोग इसके पत्तों को आज भी खासतौर से देहात में चबाते देखे जा सकते है। शोक ग्रस्त घर के द्वार पर पत्तों युक्त टहनी को लटकाया (टांगा) जाता है। यह शायद इस लिए किया जाता है कि शव से उत्पन्न रोग ग्रस्त कीटाणुओं का नाश हो सके और रोगों से बचा जा सके। घर में नीम के पत्तों से हवा शुद्ध हो सके। पहले जब देहात में कृत्रिम बर्फ (हिम) का प्रचलन नहीं हुआ था तथा लोग साधन–सम्पन्न नहीं थे तब शव (लाश) को कुछ समय (काल) के लिए रखना होता तो नीम की हरी पत्तियों वाली छोटी टहनियों के बीच में रखा जाता था। शायद इस प्रक्रिया को शव खराब न हो अथवा शव से बदबू (दुर्गन्ध) न उठे इसलिए किया जाता था।

इसके पत्तों को ताजा ब्याई हुई गाय–भैंस को खिलाने से शारीरिक गन्दगी तो दूर होगी ही साथ में दूध भी बढ़ता है। पत्तों का रस प्रसूता स्त्री को चार–पांच दिन तक पिलाने से स्त्री शीघ्र स्वस्थ हो जाती है तथा दूध भी बढता है। इसके सूखे पीले पत्तों को कपड़ों (गर्म व ठडे), पुस्तकों के बीच में कीड़ों से रक्षा हेतु भी रखा जाता है।

नीम की नई कोपलों (अंकुर) को आज भी बड़े–बूढ़े–स्याणे लोग चैत्र मास में एक माह तक सुबह–सुबह खाली पेट खूब चबाते है देखे जा सकते हैं। इससे पेट की सकल बीमारियों को कोसों दूर खदेड़ा जा सकता है। पेट की ही क्यों चर्म रोगों से भी छुटकारा मिल जाता है।

इसके पत्तों का रंग गहरा हरा होता है। पत्ते की लम्बाई 5 सें.मी. से 10 सें.मी. एवं चौड़ाई 2 सें.मी. से 4 से.मी. तक होती है। इसके पत्ते टहनी से निकलने वाली सीको (पत्रदण्ड) पर लगते है सीकों की पत्तों सहीत लम्बाई 10 से.मी. से 20 से.मी., चौड़ाई 8 से.मी. से 10 से.मी. तक होती है। ये सींकें भी बड़ी उपयोगी होती है। इन सीकों के बण्डल से लघु झाड़ू का निर्माण किया जाता है जिससे छोटे–छोटे बच्चे झाड़ू निकालने का काम सीखते देखे जा सकते है। सीकों के द्वारा ही दांतों के बीच फंसे भोजन के टुकड़ों (अवशेष) को बड़ी आसानी से निकाला जाता है। भोजन के टुकड़े तो निकलते ही है वहीं इस क्रिया से कई रोगों का नाश भी होता है। इसकी अति पतली टहनी की दांतुन भी बड़ी उपयोगी सिद्ध होती है। जिसके रोज करने से दांतों की सफाई होती है वहीं कीड़ों से रक्षा होती है। तथा दांतों को मजबूती भी मिलती है। दांतुन का रस पेट में जाने से भी लाभ ही होता है। अन्य अंग्रेजी टूथ पेस्टों के रस के पेट में जाने से धीरे–धीरे बहुत भारी नुकसान हो सकता है। इसीलिए नीम की दांतुन को सबसे उत्तम माना गया है। नीम की दांतुन के पश्चात दूसरा स्थान कीकर (बबूल) की दांतुन का है। दांतुन न मिलने, समय भाव के चलते लोग अंग्रेजी टूथ पेस्टों का इस्तेमाल करने लग गये है कुछ लोग देखा–देखी के चक्कर में भी टूथ पेस्टों का इस्तेमाल करते हैं। ऐसा एक दूसरे की देखा–देखी करके बराबरी करने की होड़ करना कहां की समझदारी है।

पांच–छ वर्ष की आयु में यह वृक्ष फल देने के लायक हो जाता है। अर्थात् फल देने लग जाता है। इसके फल को निम्बोली नाम से जाना जाता है। बैशाख मास में नीम पर सफेद रंग के सूक्ष्म फूल लगते है जिन्हें देहात में 'बगर' नाम से जाना जाता है। बगर से ही ज्येष्ठ मास आते–आते हरे रंग का फल लगता है। इस कच्चे फल से सफेद रंग का दूध निकलता है। यह हरा फल कड़ुवा होता है। आषाढ़ मास आते–आते यही फल पीले रंग में

बदलने लगता है और पीले रंग में तबदील होने पर मधुर एवं स्वादिष्ट हो जाता है। इस फल के भीतर क्रीम रंग का गाढा रस भरा होता है। जो बहुत ही स्वादिष्ट होता है। यदि आषाढ मास में वर्षा अच्छी हो तो यह फल ज्यादा रसीला होता है। अगर वर्षा कम हो तो कम रसीला होता है। बड़े–बूढ़े इसके फल का रसपान करने के पश्चात इसकी गुठली को फेंकतें नही हैं, अपितु इकट्‌ठी करके, सुखाकर चूर्ण बना लेते हैं। वर्ष भर सुबह–सुबह खाली पेट चूर्ण को लेते रहते हैं। इससे पेट की समस्त बीमारियों का नाश होता चला जाता है। यह गुठली जहां उपयोगी होती है वहीं गुठली की गिरी (बीज का गूद्‌दा) भी उपयोगी है। गूद्‌दे से तेल भी निकाला जाता है। यह तेल भी औषध एवं कीटनाशक के लिए बहु उपयोगी होता है।

गुठली से ही नये पौधे का जन्म होता है। इसके पौधे में भारत के किसी भी कोने में पनपने की क्षमता है। यह कम पानी अथवा अधिक पानी वाले क्षेत्रों में पनप सकता है। इसकी छांव में सैकड़ों–हजारों लोग बैठ सकते हैं। देहात के गांवों में इसके पौधे को गांव की चौपाल (परस) में लगाया जाता है। गांवों में बुलाई गई पंचायतों का इस पेड़ के नीचे समापन होता है। शायद गांवों में सच्चे फैसले इसी की छांव की देन है। सच हमेशा कड़ुवा होता है और नीम का वृक्ष भी कड़ुवा होता है। बुजुर्गों का कथन सुनने में, नीम का स्वाद चख्ने में, कड़ुवा लगता है, किन्तु मीठेपन का आभास होता है बाद में। आजकल चौपालों की जगह पंचायत घरों ने ले ली है, और पंचायत घरों में भी इसके पौधे का रोपण होने लगा है।

इस वृक्ष की लकड़ी भी बहु उपयोगी है। इसकी लकड़ी भी कड़ुवी होने की वजह से सदैव कीड़ों की मार से बची रहती है। इसकी लकड़ी से फर्नीचर एवं इमारती सामान बनाया जाता है। इसकी लकड़ी से निर्मित सामान सुधट, मजबूत तो होता ही है

साथ ही साथ में कडुवा व तेल युक्त होने की वजह से लम्बी उम्र के लिए टिकाऊ होता है। सदैव कीड़ों से बचा रहता है। इस लिए 'दादा बनाएं और पोता बरते' वाली कहावत चरितार्थ होती दिख पड़ती है। इसकी लकड़ी से निर्मित सामान सदियों–सदियों तक ज्यो का त्यों बना रहता है। इसकी लकड़ी में औषधीय गुण भी है वही यह जलाने के काम में भी आती है।

नीम के कोमल एवं नवीन पत्ते वात कारक, पित्तनाशक, नेत्र रोग व कुष्ठ रोग को शान्त करते हैं। बड़े पत्ते नेत्रों के लिए हितकारी, कृमि, पित्त और विष नाशक हैं। वातकारक तथा सब प्रकार की अरूचि और कुष्ठ विषनाशक हैं। पुराने पत्ते विशेष करके फोड़ों और घावों को दूर करते हैं। नीम के फूल कृमिनाशक, और कफ के दोषों को हरने वाले हैं इसके कच्चे फल भेदन हैं। प्रमेह, कुष्ठ का नाश करते हैं, गुल्म, बवासीर, और कृमि का भी नाश करते हैं पके फल रक्त पित्त, कण्ठ, नेत्र रोग, घाव, जीर्ण ज्वर, का नाश करता है। नीम का तेल कुष्ठ और कृमि का नाश करने वाला होता है। नीम का पंचाग खून का विकार, पित्त, खुजली, फोड़े, जलन और कोढ का नाश करने वाला होता है। इसका बहा हुआ पानी पेट की तमाम बीमारियों को दूर करता है। खून की सभी बीमारियों, खुजली फोड़ें और कुष्ठ का नाश करने वाला होता है।

नीम का वृक्ष ठण्डा, कडुवा, लघु, ग्राही, तीक्ष्ण, अग्निमांद्य, वृण–शोधक, सूजन उतारने वाला, बालकों के लिए गुणकारी होता है तथा कण्ठ, वृण, कृमि के पित्त, वायु, कुष्ठ, श्रम, तृषा, अरूचि, रक्त दोष, ऊर्ध्वरस ज्वर और प्रमेह, का नाश करने वाला होता है। नीम की कोंपल ग्राही, वातकर होती हैं तथा रक्तपित्त, कुष्ठ, नेत्र रोग का नाश करती हैं। नीम के पीले पत्ते विशेषकर ऋणनाशक होते हैं। नीम के डंठल कास, श्वांस, गुल्म, अर्श, कृमि व प्रमेह का नाश करते है। कच्ची निम्बोली भेदक, स्निग्ध, गुरू, चिकनी होती

है तथा नेत्ररोग, कुष्ठ रोग, क्षतरोग, रक्तपित्त का नाश करती है। नीम के बीजो का गूद्दा कुष्ठ और कृमि का नाश करता है। नीम पंचांग पित्त, रक्त दोष, दाह, कंडू व्रण, कुष्ठ का नाश करता है। बीजों का तेल, किंचिंत उष्ण कड़वा होता है तथा कृमि, कुष्ठ, व्रण, वातपित्त, अर्श, रक्तविकार, वायु, पेट की सूजन, ज्वर, जरा, कफ, और पित्त का नाश करता है। नीम की छाल पाचक, कड़वी व ग्राही होती है।

नीम का वृक्ष व्रण पर, फूटे हुए फोड़ों के लिए, खुजली पर, सर्प के विष पर, पित्त गिराने के लिए, गरमी पर, कुष्ठ रोग पर, दाह युक्त सूजन पर, विष ज्वर पर, पित्त ज्वर के दाह पर, गर्म ज्वर पर, पाण्डु रोग पर, विषम ज्वर पर, मूल व्याधि, कृमि और प्रमेह पर, सर्प विष न चढने के लिए, स्त्री को प्रसव न होने पर, सोमल के विष तथा कृमि पर, शरीर पर पित्ती उछल जाने पर, स्थावर, जंगम सर्प विष पर, सर्प व्रण पर, रक्त क्षाव व प्रदर पर, सिक्तामेह (सिन्तामेह) व मधुमेह पर, कभी किसी प्रकार के रोग न होने के लिए, कुष्ठ, पित्त, कण्ठ संबंधी रोगों पर, ग्रीष्म काल में शरीर में ठंडक लाने और दस्त रोकने के लिए, नहारू पर, उरू सतंभ पर, प्रमेह, उपदंश, बद आदि पर, विषम ज्वर पर, आगुंतक व्रण फोड़े पर, बिच्छू के दंश पर, भूख बढाने के लिए, ज्वर पर, शीतला की और सब प्रकार की गर्मी पर, दस्त साफ लाने, व शक्ति के लिए, शरीर के सब विकारों पर, सब प्रकार के जख्म, सब तरह के चर्म रोगों पर, त्वचा की जड़ता पर, बड़ा उपयोगी होता है। (भारतीय जड़ी–बूटियों तथा वृक्षों के चमत्कार, वृक्ष निघण्टु, वनौषधि शतक नामक ग्रंथों में उल्लेखित।)

वृक्ष निघण्टु में पंचनिबं चूर्ण के विषय में बताया गया है कि नीम की जड़, पत्ते, फूल, फल व छाल का साठ तोला चूर्ण बनायें। बाद में लौह भस्म, छोटी हरड़, अरनी के बीज, त्रिफला, भिलावां, बाय विंडग, शक्कर, आंवले, अमलतास, गोख्रू, हल्दी, पीपल, काली

मिर्च, सोठ व बावची पन्द्रह औषधियों को चार–चार तोला लेकर चूर्ण कर लें। फिर इसे नीम के चूर्ण में मिलाकर भांगरे के रस और खैर के अष्टम अंश काढे में भिगोकर सुखा लें। यह चूर्ण रोज एक तोला खैर की छाल के काढे, घी या गाय के दूध के साथ देना चाहिए। इससे सब प्रकार के कुष्ठ रोग नष्ट हो जाते हैं। यह चूर्ण सर्व रोग नाशक है आयुर्वेद में नीम के वर्णन पर बहुत कुछ लिखा हुआ है जिसे लेख की बजाय पुस्तक रूप में लिखा जा सकता है।

इस वृक्ष की यह भी विशेषता है कि इसे कितनी ही बार काटे तो उतनी ही बार पुनः फूट (उग, प्रस्फुटित, अंकुरित) जाता है। पुराने व बूढे वृक्ष से कभी–कभी झरने, टपकने, रिसने की सैंकड़ों–हजारों किलोमीटर में किसी एक वृक्ष से यह प्रक्रिया होती है। यह रस भी एक महत्वपूर्ण औषधी है। इस रस का रिसना, भाग्य पूर्ण माना जाता है। किसान भाई इस वृक्ष को अपने खेत में रोपण करने से कतराते है। उन्हें डर होता है कहीं यह बबूल की तरह धरती का उपजाऊ अंश हज्म न कर लें और खेत पैदावार देना कम न कर दे। उन्हें यह डर अपने मन से निकाल देना चाहिए कि इससे उपजाऊ शक्ति पर कोई प्रभाव नहीं पड़ता है और यह हवा शुद्ध करके उपजाऊ शक्ति को बढ़ाने में सहायक होता है। स्वच्छ हवा होने व औषध के लिए प्रसिद्ध नीम को धरती का कल्पतरू भी कहा जाता है। कल्पतरू का अर्थ है कि कल्प एक अन्य वृक्ष का नाम है तथा तरू, पेड़ का पर्याय है। कहा जाता है कि कल्प नामक वृक्ष के नीचे खड़े होकर जिस भी वस्तु की मांग को लेकर कल्पना की जाती है वह वस्तु कल्पना करने वाले को कल्प वृक्ष प्रदान कर देता है। इसी तरह से नीम भी एक ऐसा वृक्ष है जिसमें सभी प्रकार की वस्तुएं–फल, औषध, खाद, कीटनाशक, शुद्ध हवा, दांतुन, लकड़ी, छायां सभी तो विद्यमान हैं। औषध में लगभग सभी प्रकार के रोगों को दूर करने की क्षमता मौजूद है जानने वाला होना चाहिए।

यह पेड़ बूढा होने पर चंदन की तरह सुगंध देने लग जाता है। भारत के इस द्वितीय (दूसरे) चंदन का अधिकाधिक संख्या में रोपण करना ही होगा। और यह कार्य सरकार व समाज को मिलकर करना होगा। इसका रोपण देश के बगीचे, खेत, सड़क के दोनों तरफ किया जाये जिससे प्रदूषित हवा को शुद्ध करने में मदद मिल सके। प्राचीन ऋषियों के द्वारा अनुसंधान पर की गई मेहनत को यूं ही बेकार साबित न होने देवें। जो खौज भारतीय ऋषियों ने की थी जिस पर ट्रेड मार्क का अधिकार भारत का था उस पर अधिकार जमा लिया है आज अमेरिका ने। अमेरिका ने नीम, हल्दी, गौमूत्र जैसे वृक्षों–वस्तुओं आदि पर पेंटेंट करके। इस तरह के पेंटेंट को रद्द करवा कर भारत द्वारा पेटेंट किये जाने की विशेष जरूरत है। इस कार्य को करने से पूर्व अपने अंदर झांककर भी देखे कि अमेरिका की हिम्मत कैसे हुई कि उसने नीम आदि पर पेटेंट कर दिया। जब भारतीयों ने इस ओर ध्यान देना ही छोड़ दिया जब ही न।

अब जरा सोचो कि शराब कैसे बनाई जाती है? शराब बनाने वाली भट्ठी में कितने ही सांप, छिपकली जैसे जहरीले जीव आ फंसते है और मरकर घुल जाते हैं। ठीक इसी तरह से अंग्रेजी दवाओं में भी जीव–जंतुओं का मिश्रण होता है जो अत्यन्त नुकसान दायक तो है ही, साथ में अपवित्र भी होता है। इन अपवित्र दवाओं का उपयोग करने की बजाय, अगर हम भारतीय मूल के वृक्षों, जड़ी–बूटियों आदि से निर्मित दवाओं का इस्तेमाल करें तो शरीर शुद्ध तों शुद्ध, ताकत वाला भी होगा। गत वर्षों पहले किये गये पेटेटो में भारतीय मूल के वृक्ष, जड़ी–बूटियां एवं वस्तुएं शामिल हैं। इस प्रक्रिया से यही अर्थ निकाला है कि अमेरिका ने हमारे मुहं पर एक जोर दार तमाचा जड़ दिया है क्योंकि नीम, हल्दी, गौमूत्र भारतीय मूल के ही तो है। अगर मानव धर्म की भलाई चाहते है तो हमें भारतीय मूल के सभी वृक्षों को बचाना ही है। साथ में सरकार व समाज को मिलकर भारतीय मूल

की वस्तुओं पर किये गये पेटेंटों को शीघ्र ही रद्द करवाकर अपना ट्रेड मार्क लगाना होगा। इसी में हमारी भलाई निहित है।

अंग्रेज जब एक कम्पनी की मार्फत भारत में आए थे तब उन्होंने भारत में नीम व आक के पेड. देखें तो कहा था कि इस देश में इनके होते हुए कोई बीमार नहीं रहना चाहिए। इन दोनों में सर्वाधिक रोगों को दूर करने व रोगों से लड़ने की क्षमता है। इन दोनों के अलावा भारत में हल्दी, गौमूत्र, गीलोय, हरड़, बहेड़ा, आंवला इत्यादि भी हैं जिनमें रोगों से लड़ने की क्षमता तो है ही साथ में पर्यावरण को बनाये रखने की ताकत भी है। इस वृक्ष को आन्ध्रप्रदेश का राजकीय वृक्ष का दर्जा प्राप्त है अब तेलंगाना अलग राज्य बनने के बाद से नीम वृक्ष आन्ध्रप्रदेश व तेलंगाना में से किसका राजकीय वृक्ष रहेगा पता नहीं। काश इसे आन्ध्रप्रदेश या तेलंगाना राज्यों का नहीं देश का राष्ट्रीय वृक्ष का दर्जा प्राप्त होता।

सुधि पाठकों के ध्यानार्थ सुझाव है कि वे किसी भी जड़ी–बूटी अथवा औषध का सेवन करने से पूर्व अपने नजदीकी आयुर्वेदाचार्य (वैद्य जी) से सलाह अवश्य ले लें। क्योंकि ये देशी औषधियां मौसम, काल, जलवायु, ऋतु के अनुसार अलग–अलग गुण–दोष उत्पन्न करती है। वैद्य जी से सलाह लेने से दवा की मात्रा की जानकारी भी मिलेगी। यह सुझाव नीम ही नहीं अपितु सभी जड़ी बूटियों को लेकर दिया जा रहा है। आज कितनी ही अंग्रेजी वस्तुएं–दवाएं है जिनमें नीम, हल्दी, चन्दन इत्यादि का इस्तेमाल होता है। सुधि पाठकों की सेवा में नीम पर बनाई गई एक कुंडली प्रस्तुत हैः–

ऐसा पेड़ होता है, जिसका भारत मूल।
नीम को हम भारतीय, गये हैं अभी भूल।।
गये हैं अभी भूल, अमेरिका पेटेंट का।
ऋषि–मुनि भारतीय, तासु खौज टैलेंट का।

कह 'कौशल' कविराय, हो ना पेड़ इस जैसा।
साबुन, औषध, तेल, कीटनाशक दें ऐसा।।

नीम के वृक्ष में बाबा भैरूं व देवी काली का निवास होता है कई स्याणे (बड़े–बूढ़े) नीम की जड़ के पास बाबा भैरूं व देवी काली की मूर्तिया रखकर पूजा–अर्चना करना बहुत दी शुभ मानते हैं। नीम छावं चन्द्रमा की तरह बैठने वाले को ठंडक (शीतलता) प्रदान करती है ऐसा अन्य वृक्षो की छावं में नहीं है। नीम के फल की गुठली के तेल को नाभी से नीचे व तलुवे में मलने से शुगर (मधुमेह) का नाश हो जाता है। नीम की टहनी को घीसकर असाध्य चर्म रोग में लेप करने से रोगी–रोग मुक्त हो जाता है। पत्ते खाने से तथा पत्ते उबालकर, उबले हुए पानी से नहाने से सभी प्रकार के रोग (चर्म) खत्म हो जाते हैं। गुठली की गिरी घीसकर लेप करने से सभी प्रकार के कृमियों का नाश होता है।

भारतीय मूल का जाल वृक्ष

मनुष्य की तरह ही पशु–पक्षी भी विभिन्न मूल के होते है पशु–पक्षियों की भांति ही वृक्षों का अपना मूल स्थान होता है। भारत में विदेशी मूल के भी बहुत–से पेड़–पौधे पाए जाते हैं फिर भी भारतीय मूल के 'जाल वृक्ष' पर चर्चा कर लेने में हमारी भलाई निहित है। इस वृक्ष की आयु वर्तमान में तैयार की गई नई किस्मों के वृक्षों या विदेशी मूल के वृक्षों की अधिकतम आयु से आठ गुणा ज्यादा तो न्यूनतम आयु ही होती है। आधुनिक किस्म के वृक्षों की अधिकतम आयु 25 वर्ष होती है जबकि इसकी न्यूनतम आयु दो सौ वर्ष की होती है। इस वृक्ष पर भी अनेक पहेलियां रची गई हैं जो एक–एक करके आप सुधि पाठकों के समक्ष प्रस्तुत की जा रही हैः–

दो अक्षर का यह एक वृक्ष है। पर्यावरण संरक्षण में दक्ष है।।
साल में एक बार फल लगे। सर्दी में गर्म, गर्मी में छावं शीतल लगे।।
एक दूसरी पहेली इस प्रकार से प्रस्तुत की जा रही है।
दो अक्षरों का नाम मेरा। ईधंन से सारता काम तेरा।।
पक्षियों की मैं रक्षा करता। फल से सिंडोरा हूँ भरता।।

इस वृक्ष की छांव में वे गुण होते हैं जो अन्य किसी वृक्ष की छांव में देखने को नहीं मिलते हैं। इसकी छायां गर्मियों में अधिक शीतल, सर्दियों में अधिक गर्म रहती है। वर्षा ऋृतु में इसके आस–पास इसकी पत्तियां जमा होने व पानी में गलने–सड़ने पर भी दुर्गन्ध नहीं छोड़ती। इस वृक्ष का कभी–भी पतझड़ नहीं होता है। पुराने पत्ते झड़ते है उससे पहले ही नये पत्ते अपना वर्चस्व जमा लेते हैं। नये पत्ते आ–जाने के पश्चात ही पुराने पत्ते झड़तें

हैं। इसी वजह से इसका सकल पतझड़ नहीं होता। साल भर नये पत्ते आते रहते हैं तथा पुराने पत्ते झड़ते रहते है। इसीलिए इसको मरूस्थल (मरूभूमि) का सदाबहार वृक्ष कहा जाता है। इसकी छायां गहरी तथा सदैव बनी रहती है।

इसके पत्ते आकार में कम चौड़े तथा अधिक लम्बे होते है। पत्ते की लम्बाई 3.8 से.मी. से 6.3 से.मी. व चौड़ाई 3.2 से.मी. से 3.5 से.मी. होती है। पत्ते मोटे, चिकने, हरे रंग के, स्वाद में खारी, हल्की चमक वाले होते हैं। पत्तों में अन्य वृक्षों के पत्तों की तुलना में सबसे ज्यादा ऊर्जा होती है। कुम्हार वर्ग–मिट्टी के कच्चे बर्तनों को पकाने में इसके पत्तों का उपयोग करता है। एक तो उन्हें मुफ्त में ईंधन मिलने से फायदा होता है दूसरे जाल के पत्तों से मिट्टी के बर्तनों का पकाव व आब (चमक) अच्छी होती है। जिससे बर्तनों के दाम भी कुम्हार वर्ग को अच्छे मिल जाते हैं। ग्रामीण लोग भी देहात में देशी ईट भट्ठों (मैदानी ईंट भट्ठों) में इसके पत्तों का इस्तेमाल करते हैं। जिससे ईंटों का पकाव व आब अच्छे ढंग की आती है। पत्तों की ऊर्जा से पकी हुई ईंटों पर नूनी लगने का कोई मतलब ही नहीं उठता। जब ईंटों पर नूनी लगने का प्रकोप ही न होता है तब ईंटों की आयु युगों–युगों तक बनी रहेगी। शायद हड़प्पा कालीन संस्कृति के समय में सिन्धु घाटी के लोगों ने इसकी पत्तियों से ईंटों को पकाया हो, जो आज भी अनेक स्थानों पर खुदाई में सुरक्षित हालात में मिली है। पत्तों को ऊंट, भेड़, बकरी, गाय, भैंस इत्यादि सभी पशु बड़े चाव से खाकर अपना पेट भरते हैं।

संस्कृत में इसको पीलु, महापीलु, तीक्षणतरू, गुड़फल, स्रंसी, शीतफल, हिन्दी में जाल, छोटा पीलु, खरजाल, बड़ा पीलु, गुजराती में पीलु, मोटा पीलु, मीठीजार, मीठी जाल, पीलवो, खारी जाल, काठियावाड़ी में मोटा पीलु, मीठी जार, मीठी जाल, खारी जार, मराठी में लघु पीलु, मीरज, मीरजोली, पीलु, गोड–पीलु,

बंगला में पीलु, पीलु गांछ, तमिल में कोकू, पेरून्गोलि, फारसी में दरख्ते मिस्वाक, कर्नाटकी में गेनुमर, तेलगू में गोगु, अरबी में अराक, पंजाबी में पीलु, जाल, वृक्ष, राजपुताना में झाल, जटवाटी (बांगरू) में जाल, अहीर वाटी में जाल, मारवाड़ी में जाल, बागड़ी में जाल, अंग्रेजी में मस्टर्ड ट्री ऑफ सक्रीप्चर, लेटिन में साल्वेडोरा पर्सीका, साल्वे डोरा ऑलियो–इडिस, वंश (कुल) साल्वेडोरेसी है। ये सभी नाम छोटी जाल व बड़ी जाल के है। इस वृक्ष की दो किस्में होती हैं एक बड़ी व एक छोटी। छोटी जाल को अहीरवाटी में जलोटिया भी कहते हैं।

आज बड़ी तेजी से इसकी संख्या में कमी आई है। यह गिने–चुने स्थलों की बणियों, पोखरों, के आस–पास ही देखने को मिलता है। आज इसका अस्तित्व ही खतरे में पड़ा हुआ है। देश की हरित क्रान्ति ने गांवों की बणियां तुड़वाकर खेत बनाने तथा शेष गांव की बणियों पर भूमिहीनों को रिहायशी प्लॉट मुहैया कराने, लगभग हरियाणा के प्रत्येक गांव की बणी में नहरी पानी पर आधारित वाटर सप्लाई फिल्टर टैंक, कहीं पर सरकारी ईमारतें बनाकर गांवों की बणियों को नेस्तनाबूद कर दिया है जो थोड़ी–बहुत बची भी हैं उनमें भविष्य में सरकारी (पंचायती) हिसाब–किताब से कुछ न कुछ हो जाएगा। इन कारणों के चलते इस वृक्ष का बड़े पैमाने से कटान हुआ है तथा अब भी हो रहा है। यदि यही हालात रहे तो निकट भविष्य में यह वृक्ष विलुप्त हो जाएगा जिससे 'पशुओ का चारा एवं गरीबों का सहारा' एवं पर्यावरण शुद्ध करने में अहम भूमिका निभानें वाले इस वृक्ष की कमी का भारी नुकसान उठाना पड़ सकता है।

यह वृक्ष करीब बीस वर्ष की आयु में फल देने लग जाता है। उस समय तने की गोलाई लगभग तीस से पैंतीस ईंच तक हो जाती है। वृक्ष पर चैत मास में फूल लगते हैं जिन्हें देहात में 'बगर' कहा जाता है। बैशाख मास आते–आते बगर हरे रंग के

गोल फल में परिवर्तित हो जाता है जिसे देहात में 'माकना' कहा जाता है। ज्येष्ठ मास की गर्म लू के थपेड़ों की मार खाकर ही फल पूर्ण रूप से रसीला पकता है। इस पके हुए फल को देहात में 'पील' नाम से जाना जाता है। पील का यह फल पूरे एक माह तक जाल वृक्ष पर उपलब्ध होता है। पील फल की गुठली ही इसका बीज है। इसका बीज बीजाई करने के बाद अगर तीन–चार दिन की बूंदा–बांदी (झड़) की वर्षा हो जाती है तो शीघ्र ही अंकुरित हो जाएगा वरना काफी लम्बा समय लग सकता है।

यह फल अंगूरों की तरह गुच्छों में लगते है। पील के पकने पर मधु–मक्खियां एवं भंवरे इस फल पर रस चूसने हेतु मंडराने लग जाते हैं। मधुमक्खियों द्वारा चूसे गए रस से परिवर्तित किया गया शहद सब से उत्तम माना गया है। पुराने समय में जब दूर–दूर तक पानी का कोई स्त्रोत न होता था तो मधुमक्खियां, भौंरें, तोता, चिड़ियां, मोर, कबूतर, मोडी (फाख्ता), गोलिया (हरियाणवीं नाम) इत्यादि बहुत से पक्षी इसके फल को खाकर या रस चूसकर ही अपनी प्यास बुझाते थे या पानी की कुछ पूर्ति इसी से करते थे। इनकी संख्या में भारी कमी आई है जिससे पक्षियों को अपनी प्यास मिटाने हेतु दूर–दराज तक के क्षेत्रों में आश्रय लेना पड़ता है। पहले कम से कम जोहड़ों की संख्या तो ज्यादा थी। किन्तु अब जोहड़ों की संख्या में गिरावट आई है वहीं पर वर्षा भी बहुत ही कम होने लग गई है। पानी की कमी के कारण ही बहुत–से पक्षी विलुप्त होते जा रहे हैं।

देहात के लोग सरकण्डे की तुलियों से एक पील फल डालने हेतु पात्र बना लेते थे जिसे देहात में 'सिंडोरा' कहा जाता था। छोटे पात्र को 'सिंडोरी' कहा जाता था। ग्रामीण लोग दूर–दराज की बणियों में पीने के पानी की सुराही, भोजन सामग्री के रूप में टिकड़ो एवं प्याज की गण्ठी, पील डालने हेतु सिंडोरा व बोहिया (छोटी टोकरी) साथ लेकर झुण्ड के झुण्ड बहुत सवेरे तड़के के

वक्त पहुंच जाते थे। जाल वृक्ष पर चढकर सिंडोरे को गले में रस्सी से छाती (सीना) की तरफ लटका कर उक्त पात्र में पील तोड़–तोड़कर डालते रहते। जब वह पात्र भर जाता, तब नीचे उतर कर बोहिये में सिंडोरे की सकल पीले डालकर पुनः जाल पर चढ़कर पील तोड़कर सिंडोरे में डालते रहते। दोपहर के समय सभी लोग (स्त्री–पुरूष–बच्चे) जाल वृक्षों की छाया में बैठकर साथ लाए भोजन को मिलझुल कर खाते थे। एक तो टिकड़ा जो कि 'जौ' 'चने' के आटे से बना होता था वह शीतलता प्रदान करने वाला होता था वहीं प्याज लू से बचाने में सहायक होती है। कहा जाता है कि प्याज साथ में हो तो 'हैजा' जैसी बीमारी हो ही नहीं सकती। इस प्रक्रिया से लोगों को आपस में मिलझुलकर रहने की भावना को बल मिलता था गांवों की बणियों में मेलें या किसी उत्सव जैसा माहौल बन जाता था जो बहुत ही लुभावना होता था। जिन व्यक्तियों, बच्चो, महिलाओं, से जाल वृक्ष पर चढ पाना संभव न था उनके लिए जलोटिया की 'पीलें' छोड़ दी जाती। जिस जाल वृक्ष की सभी टहनियां धरती पर टिकी हुई होती हैं उन्हें 'जलोंटिया' कहा जाता है। इसकी 'पीलें' बच्चे, औरतें धरती पर खड़े–खड़े आसानी से तोड़ सकते हैं।

इस वृक्ष की अलग–अलग चार किस्में फल के हिसाब से होती है। जिनकी पहचान वृक्ष से नहीं अपितु 'पील' फल से ही होती है। एक वृक्ष पर एक ही किस्म की पीलें लगती है विभिन्न नहीं। चार किस्मों का नाम पीलों के रंग के आधार पर माना जाता है। 'धोलड़ पील' सफेद रंग की, 'पीलड़ पील' पीले रंग की, 'लिलड़ पील' नीले रंग की व 'लालड़ पील' लाल रंग की होती है। वैसे देखने में आया है कि राजस्थान के जोधपुर के आस–पास व गुजरात के भरूच के पास नर्मदा नदी के तट पर ऐसे जाल वृक्ष भी हैं जिनके पत्तें हरियाणा व उत्तरी राजस्थान के जाल वृक्षों के पत्तों से लम्बें व चौड़े हैं। पील का फल वही चार किस्मों में

होता है। हो सकता है कि उस क्षेत्र के मौसम व जलवायु के आधार पर पत्ते भिन्न हों।

पील नामक यह फल दस्त लगाने वाला अर्थात कब्ज को दूर करने वाला, खुलकर पेशाब लगाने वाला, आतों को साफ करने वाला, भूख को बढाने वाला, प्यास को मिटाने वाला, शारीरिक गर्मी को खत्म करने वाला, रक्त को बढाने वाला, खाज–खुजली आदि रोगों से छुटकारा दिलाने वाला, शरीर को निरोग बनाने व मजबूती प्रदान करने वाला, हाजमें को ठीक रखने वाला होता है। ज्येष्ठ माह में एक मास तक फल का सेवन करने वाले व्यक्ति का वर्ष भर हाजमा व पेट की बीमारी से छुटकारा मिल जाता है यानी वह साल भर रोगों से निजात पा लेता है।

पीलु पित्तनाशक, मल भेदक, और कफ, वात तथा गुल्म नाशक है यह त्रिदोष नाशक होता है। लघु पीलु, चरचरा, कषेला, मधुर, खट्टा, तीक्ष्ण, दस्तवार, रक्त पित्त कारक, गरम, दाह जनक, स्निग्ध, तथा बवासीर, गुल्म, कफ, वातरक्त, उदर (उदर) व विषम को दूर करने वाला है। यह पित्त में उपयोगी है। इसका तेल पाचक व वात नाशक है। इसका फल मीठा, कामोद्दीपक, विषनाशक, अग्निवर्धक, और क्षुधोतेजक होता है। यह पित्त में उपयोगी है। युनानी मत के अनुसार इसके पत्ते कड़वे, आतों को सिकोड़ने वाले, यकृत को पुष्ट करने वाले व कृमि नाशक होते हैं। यह पीनस व अन्य नाक के रोगों में उपयोगी है। यह बवासीर, खाज में भी उपयोगी है। यह पेट का अफारा उतारने वाला है। इसका पारसियन नाम दरख्ते मिस्वाक इसीलिए पड़ा है कि इससे दांत मांजने के ब्रुश तैयार किये जाते हैं।

इसके पत्ते का रस स्कर्वी रोग मे दिया जाता है। इसका फल सिन्ध में सर्पदंश में प्रयोग किया जाता है। कर्नल चोपरा का मत है कि यह शांति–दायक, पेट का अफारा उतारने वाला, मूत्रल, विरेचक और विष नाशक है। डॉ. देसाई के अनुसार 'इसके पत्ते

रेचक (दस्तावर) होते हैं। इसके बीजों का तेल राई के तेल की तरह काम करता है। संधिवात में इसकी मालिश करने से लाभ होता है। इसकी छाल का काढा पसीना लाने वाला और मूत्र जनक होता है। इसकी जड़ की छाल का काढा ज्वर की बेहोशी व बड़बड़ाहट में लाभ पहुंचाता है। यह औषधी गर्भवती महिलाओं को नहीं देनी चाहिए। (वनौषधि चन्द्रोदय भाग तीन, पेज–41)

जाल वृक्ष का तना एक दम सीधा न होकर बल खाये हुए होता है। यही हाल इसकी प्रमुख एवं उपप्रमुख शाखाओं का होता है। वृक्ष के अन्तित सिरे की पतली टहनियां एकदम सीधी होती हैं। इन टहनियों की पतली चाबुक को स्थानीय भाषा में कामची कहा जाता है। इसकी पतली शाखाओं से प्राप्त दातुन का सेवन करने से मसूढ़ों में रक्त बहने के रोग से छुटकारा मिलता है वहीं मसूढ़ों को बल मिलता है। इसकी उक्त शाखाओं से विभिन्न प्रकार की छोटी–बड़ी टोकरियों का निर्माण होता है। जिन्हें देहाती लोग बोहिया, छाबड़ी, खरोली, खंरी आदि नामों से जानते हैं। इसकी शाखाएं आडी–तिरछी होकर एक–दूसरी शाखा में उलझकर जाली की तरह होती चली जाती है इसी कारण इस वृक्ष का नाम 'जाल' कहलाया हो।

इसकी शाखाओं एवं तने को तेज से तेज आंधी–तूफान भी नहीं तोड़ सकते। ये टूटने की बजाय घूम जाती है। इसीलिए इसकी शाखाएं एवं तना घुमावदार होते है। इसके तने में खोखल भी अन्य वृक्षों की अपेक्षा अधिक पाई जाती हैं फिर भी तेज आंधी इसका कुछ भी नहीं बिगाड़ पाती है। इसीलिए इस सुरक्षित खोखल में तोता (मादा) अण्डे देना घना पसन्द करता है। जाली युक्त डालों पर रात्री को छोटे–छोटे पक्षी बिल्ली आदि से अपने को सुरक्षित समझते है इसीलिए अत्यधिक पक्षी इस पर आराम से रैन–बसेरा करते हैं।

भारत में लगभग साठ प्रतिशत हिस्से में पाया जाने वाला यह वृक्ष ज्यादातर शुष्क क्षेत्रों में अधिक पाया जाता है। इसकी टेढी–मेढी शाखाओं से खुलिया नामक हॉकी जैसा हथियार मुफ्त में बच्चों को प्राप्त हो जाता है। जिस से ग्रामीण पृष्ठभूमि के बच्चें ही नहीं अपितु छोटे–छोटे कस्बों के बच्चे हॉकी जैसा खुलिया नाम खेल–खेलकर आनन्दित हो उठते हैं। इसकी लकड़ी बड़ी लचीली होती है। इसलिए इसकी लकड़ी से अस्थाई धनुष, गुलेल, आदि बच्चों के खिलौने भी बनाए जाते हैं। यहां तक की ग्रामीण पृष्ठ–भूमि में दशहरें के अवसर पर होने वाली रामलीला मंचन में राम–लक्ष्मण आदि पात्र भी इसी धनुष का उपयोग करते हैं। इसकी लकड़ी का ऊंट, बैल आदि पशुओं द्वारा हल जोतने हेतु उपयोग में लाया जाने वाला 'जुआ' भी बनाया जाता है। इसकी लकड़ी रेशेदार एवं जाली दार होती है इसी कारण यह अत्यधिक मजबूत होती है। इसकी लकड़ी लरज सकती है किन्तु जल्दी से टूटने वाली नहीं होती है।

वृक्ष के पत्तों में ही नहीं अपितु लकड़ी में पत्तों से भी अधिक ऊर्जा होती है। इसकी कम लकड़ियों से अधिक ईधन के स्थान पर काम लिया जा सकता है। पहले लोगों ने इसका अवैध कटान करके निजी मैदानी ईट–भट्ठों में इसकी लकड़ी का उपयोग करके तथा विवाह–शादी इत्यादि अवसरों पर खाद्य सामाग्री बनाने के लिए हलवाई वाली भट्ठियों में इसकी लकड़ी को जलाने में उपयोग करते थे इन कारणों ने इसके अस्तित्व को खतरा उत्पन्न कर दिया है।

इसकी पत्तियों या लकड़ियों को पानी से भरे गड़ढे में गिराकर पूर्ण रूप से गलाने–सड़ाने पर भी यह दुर्गन्ध नहीं छोडते। इस लिहाज से यह वृक्ष पर्यावरण को दूषित नहीं करता। पर्यावरण की दृष्टि से यह वृक्ष महत्वपूर्ण है। यह वृक्ष पर्यावरण को दूषित नहीं करता वही इसकी छांव मौसम के अनुसार हमें

(मानव–पशु–पक्षी) जरूरत के अनुसार देता है। यानी गर्मियों में शीतल छांव और सर्दियों में गर्म छांव।

मरूस्थलीय एवं अर्धमरूस्थलीय क्षेत्रों में भी यह वृक्ष पर्यावरण को शुद्ध रखने में सबसे महत्वपूर्ण भूमिका निभाता है। इस वृक्ष के फल लू के थपेड़ों से पककर जितने रसीले और मीठे होते है उससे बुजुर्ग लोग आगामी वर्षा काल में होने वाली ज्यादा बारीश का अनुमान लगा लेते थे।

वर्तमान की सरकारें पर्यावरण शुद्ध रखनें में सर्वाधिक योगदान देने वाले एवं लम्बी उम्र तक जीवित रहने वाले वृक्षों के रोपण पर ध्यान न देकर पर्यावरण शुद्ध रखने में कम योगदान देने वाले एवं छोटी उम्र तक जीवित रहने वाले वृक्षों का सर्वाधिक रोपण करके व्यर्थ में समय एवं धन नष्ट कर रही हैं। इन कम महत्वपूर्ण वृक्षों की अधिकतम आयु 25–30 वर्ष तक ही होती है जबकि जाल जैसे वृक्ष की न्यूनतम आयु दो सौ वर्ष तक होती है। यदि सरकारों को भ्रष्ट बताएं तो अच्छा न लगेगा। यहां यह बताना उचित होगा कि कुछ अधिकारी, कर्मचारी, ग्राम पंचायतों के प्रधान, नगर पालिकाओं के प्रधान, कम से कम समय में बढने वाले वृक्ष उन्हें चाहिए, चाहे उनकी उम्र छोटी क्यों न हो। सिर्फ वृक्षों की संख्या ज्यादा दिखाना व एक बार के लिए हरा–भरा दिखाने से मतलब है। छोटी आयु के वृक्षों के जल्दी पतन से उन्हें जल्दी ही दोबारा पौधारोपण का मौका जो मिल जाता है जिससे पहली बार पौधारोपण में हुए सरकारी खर्च में से अपना कमिशन बचाया और दोबारा पौधारोपण में होने वाले खर्च से अपना हिस्सा निकालना है। इस कारण से लम्बी उम्र वाले वृक्षों का रोपण नहीं किया जा रहा है। कुछ अधिकारी, कर्मचारी आदि चकाचौंध की दुनियां में जीना चाहते है जिससे कम उम्र कम महत्व वाले पौधों का रोपण करके ही चैन की सांस ले लेते हैं। इस वृक्ष के रोपण पर किया गया खर्च व्यर्थ नदीं जाएगा क्योंकि यह वृक्ष हमारी दस

पीढ़ियों तक जीवित रहने क्षमता रखता हैं यह वृक्ष मुगल काल में चूने से बनी ईमारतों की तरह मजबूत है आजकल के सीमेंट से बनी इमारतों की तुलना में अन्य कोई वृक्ष जिन पर सरकार, वन विभाग व आम आदमी ध्यान दे रहा है उन वृक्षों की मृत्यु 25–30 वर्ष में हो जाती है ऐसे इस पर यह कहावत ठीक ही खरी उतरती प्रतीत होती हैः–

घर का जोगी जोगना, बाहर का जोगी सिद्ध।
यदि जाल को पाल लें, तो हमारी बैठ जाए बिध।।

इसी तरह से लेखक ने इस वृक्ष पर एक कुण्डली भी रची है जो कि आपके सामने प्रस्तुत हैः–

साई सकल भारत में, हो पेड़ों से प्यार।
कोय छोटा कोय बड़ा, माया अपरम्पार।।
माया अपरम्पार, करें मानवीय यारी।
'जाल' वृक्ष को पाल, लें बात मान हमारी।।
कह 'कौशल' कविराय, कैसी है 'पील' पाई।
दें शीत गर्म छांव ता महत्व समझ साई।।

श्रेष्ठ पशु 'गाय' एक युग

धरती के श्रृंगारों में जहां वृक्ष, नदी, पर्वत, नाला, टिला, समुद्र, झील होते हैं वही पशु–पक्षियों, जीव–जन्तुओं का भी अपना महत्व है और इनका भी अपना संसार बसता है। इसमें पशुओं का इनमें अलग ही जगत बसा हुआ हैं पशुओं में दो प्रकार के पशु होते है। एक तो जंगली पशु तथा दूसरे पालतू पशु। जहां जंगली पशु महत्वपूर्ण हैं वहीं पालतू पशु बड़े ही महत्वशाली हैं जिनमें एक पशु ऐसा होता है जिसके गुणों का जितना भी व्याख्याण करें वह कम ही होगा। वह पालतू पशु आज लोगों ने पाश्चात्य संस्कृति के बहकावे में आकर या पाश्चात्य संस्कृति की नकल करके दुत्कार दिया है जिससे वह भटकता फिर रहा है। वह पशु और कोई नहीं 'गाय' है।

गाय को धरती के पालतू पशुओं में श्रेष्ठ पशु का दर्जा प्राप्त है और हिन्दू धर्म ग्रन्थों में तो इसको सबसे पवित्र एवं पाक शुद्ध माना गया है। इतना ही नहीं इसको मां की उपाधि से भी सम्बोधित किया जाता है। इस पशु को छोड़ अन्य किसी भी पशु को मां के नाम से सम्बोधित क्यों नहीं किया जाता है। इस पर चिन्तन करना निहायत जरूरी हो गया है। इसमें वे सभी गुण मौजूद हैं जो कि एक मां में होते हैं। गाय अपने बछड़े या बछड़ी को दूध पिलायें बगैर दूध दुहने नहीं देती है। ऐसा अन्य पशुओं को दुहने में नहीं होता है। अगर कोई गाय किसी कारण से भाग खड़ी होती है और गाय के रास्ते (मार्ग) में मनुष्य का बच्चा खेल रहा हो या कोई अन्य काम में मस्त हो तो भी गाय उसको कोई नुकसान नहीं पहुंचाती है। बच्चे को बचाने के लिए गाय को कितनी ही ऊंची छलांग लगानी पड़े या दाये–बायें घूमने में खुद को ही नुकसान (जोखिम) क्यों न गठना पड़े किन्तु किसी भी बच्चे

को नुकसान नहीं पहुंचाती है। गाय तो एक पशु ठहरा, उसे नहीं मालूम कि मानव का बालक किस धर्म से है, किस जाति से है, किस गौत्र का है, किस खानदान का है, किसी गरीब का है या अमीर का है। वह तो केवल यह जानती है कि बच्चा है। बच्चा समझकर उसे बचाती है।

गाय में मातृत्व की भावना कूट–कूट कर भरी हुई है। इसका दूध भी इन्सान की मां (मानव मां) के दूध के समान हल्का, मीठा एवं आसानी से पचने वाला पौष्टिक होता है तथा बच्चे के शारीरिक विकास के लिए सहायक आहार होता है। इसके दूध में जो गुण होते हैं वह दूसरे किसी अन्य पशु के दूध में शायद ही मिले। इस पशु के दूध से निकलने वाला घी भी बड़ा ही महत्वपूर्ण है। दूध से बनने वाला दही और यहां तक की छाछ भी बहुत ही पौष्टिक एवं स्वास्थ्य रक्षक होते है। दूध, घी, दही, छाछ इत्यादि लेख में आगे चलकर विस्तृत वर्णन दिया जा रहा है जिसको पढ़ना न भूलें। इसका गोबर एवं मूत्र भी बड़े उपयोगी होते हैं जिनका महत्व भी आगे दर्शाया जा रहा है।

इतने अत्यधिक गुणों से सम्पन्न गाय को आज के हमारे समाज ने ठुकरा दिया है। 'पंखों की हवा नहीं बूढे और गऊ को, पंखों की हवा मिले भैंस और बहु को', वाली समाज में एक नई कहावत ने जन्म ले लिया है। गुण सम्पन्न गाय को ठुकराने के उपरान्त हमारे समाज को क्या मिला, इस पर किसी ने कभी कोई गहन मंथन करके विचार किया है? अगर किसी ने कभी–कभार कोई विचार कर भी लिया होगा तो उस पर अमल नहीं किया होगा। अगर अमल किया होता, तो हमारी गऊमाता का ऐसा बुरा हाल न होता। गऊमाता का जो बुरा हाल हुआ है, वह तो हुआ ही है, सबको पता है। समाज का जो हाल हुआ, उसे देखकर भी सब को रोना आता है। रोना तो सभी को स्वीकार है, परन्तु गाय को फिर से अपनाना मंजूर नहीं है। यदि इसे गम्भीरता से लिया होता,

तो आज तक गाय को अपना लिया होता। अपना लिया होता, तो आज समाज के हर पशुपालक के घर में कम से कम एक गाय जरूर होती। आज समाज ने ठुकरा कर, एड्स, कैंसर जैसे लाईलाज रोगों के साथ–साथ अनेक भयंकर बीमारियों को पनाह दे डाली और उक्त रोगों को साथ लेकर जीना, झूठ बोलने की आदत, कीट एवं कीटाणुओं के बीच अपना जीवन यापन करने की ठान ली है।

गाय को प्राचीन ऋषि–मुनियों ने किस आधार पर इसको स्वीकार करके श्रेष्ठ पशु का दर्जा दिया था। इसके पीछे भी गहरा रहस्य छिपा हुआ है जिस पर गहन चिन्तन–मंथन करने की आज आवश्यकता हो गई है। इस रहस्य पर से पर्दा उठाने की आज समय की मांग है। यह पर्दा यदि समय रहते उठाया नहीं गया और इसके गुणों से रू–ब–रू न करवाया गया तथा समाज को जागृत नहीं किया गया, तो समाज के भीतर ही भीतर पूरी तरह से खोखला होने की नोबत के साथ–साथ एक दिन समाज ही समाप्त हो जायेगा और मानव धर्म का ही अस्तित्व खतरे में पड़ सकता है जिसमें हिन्दू धर्म ही नहीं अपितु सभी धर्मों के मानव जीवन की समाप्ति का खतरा हो जायेगा। गाय को पुनः स्वीकार करने रूपी महायज्ञ में आहुति डालने के लिए आज समय की आवश्यकता ही नहीं बल्कि समय की पुकार भी है। इस महायज्ञ में आहुति परायों के लिए नहीं बल्कि अपने व अपनी भावी पीढियों का अस्तित्व बचाने के लिए डालनी होगी। इसके लिए आज ही संकल्प ले लें कि हमें एक गाय को पालना है, साथ में यह भी संकल्प लें कि गाय की मृत्यु तक उसकी सेवा करनी है, चाहे वह बच्चा देने के योग्य न रहे, दूध देने के योग्य न रहे तथा गाय से हमें कोई किसी प्रकार का मुनाफा रहे या न रहे। मरणासन तक गाय को रखना ही होगा। हमारी समाज में अपने निजी स्वार्थ पूर्ति हेतु तो रखा जाता है, जब गाय से स्वार्थ की पूर्ति न हो अर्थात गाय किसी भी काम की न रहे, तो उसे अल्प दान के साथ किसी

भी नजदीकी गऊशाला में भेज दिया जाता है। अकसर देखा जाता है कि गऊशाला के संचालक भी गायों से कोई मुनाफा हासिल होता है, उन गायों को तो गऊशाला में रख लेते हैं जिनसे मुनाफा न मिलता हो उन्हें मौका देखकर इधर–उधर के छोटे जंगलों अर्थात गांवों आदि की बणियों में (रात के समय किसी वाहन में बैठाकर) छोड़ दिया जाता हैं, वहां से बेचारी बेसहारा गायें इधर–उधर जंगलों, खेतों, गांवों–शहरों में भटकने को मजबूर हो जाती हैं। गांवों–शहरों में अपना पेट भरने हेतु विचरती हुई घरों में नुकसान पहुंचाती हैं उससे कहीं अधिक खेतों में खड़ी हरी फसलों को चट करके किसानों को भारी नुकसान पहुंचाती हैं।

यदि हरी फसल को गायों अथवा आवारा पशुओं द्वारा सफा चट कर दिया जाए तो किसानों के पास कितनी पैदावार होगी। किसान के पास उतनी ही पैदावार होगी जितनी पैदावार किसी बिना बीमा किया हुआ कपड़ा उद्योग में कच्चे माल में अग्नि लगने पर सारा कच्चा माल जलकर राख होने पर होती है। इसलिए प्रत्येक गऊशाला में गाय भेजते समय सरकारी लिहाज से एक खुला रजिस्ट्रेशन (पंजीकरण) भी किया जावे कि फ्लां व्यक्ति ने अपनी एक या एक से अधिक गायें फ्लां गऊशाला में सदान भेजी गई हैं। गऊशाला में पहले से मौजूद सभी गायों का भी विवरण सरकार के पास होना चाहिए तथा गऊशाला में मौजूद सभी गायों के कानों में पंजीकरण संख्या की मुर्कि (समेत गऊशाला का नाम व पता सहित विवरण) डालनी अनिवार्य करनी होगी। ताकि गऊशाला द्वारा इधर–उधर गायों को छोड़ने व गायों की सम्हाल न करने की स्थिति में होने वाली मौत पर मरी हुई गायों को इधर–उधर रात–बिरात फेंक आने की हालात में गऊशाला कमेटी के खिलाफ मुकदमा दायर किया जावे तथा कमेटी के सदस्यों की जीवन भर गऊशाला कमेटी की सदस्यता रद्द कर दी जावे। इस प्रक्रिया से गायें भी सुरक्षित होगीं वहीं किसानों की फसलें भी व्यर्थ के होने वाले नुकसान से बच पायेंगीं। जिन–जिन पशुपालकों के

पास गायें हैं उन का भी पंजीकरण कराना आवश्यक करना होगा। अब समस्या आती है गायों के बछड़ों व सांड़ों की। बछड़े व सांड भी झुण्ड के झुण्ड किसानों की फसलों को चट कर डालते हैं वहीं गांवों के घरों में यानी पशु बाड़ों में घुसकर जबरन भैंस, गाय जो गर्भवती है, उन पर सहवास कर डालते हैं जिससे गाय या भैंस का गर्भपात हो जाता है जो किसानों/पशुपालकों को बहुत ज्यादा आर्थिक नुकसान झेलना पड़ता है। गर्भवती गाय या भैंस का गर्भपात न हो, इसके लिए तो ऐक ही समाधान है कि सभी आवारा बछड़ों को या तो नपुंसक यानी बैल बनाने की जो प्रक्रिया होती है वह अपनानी होगी। इस समस्या का समाधान इससे ही सम्भव है क्योंकि हर पृथ्वी के प्राणी में सेक्स जरूर जागृत होता है और उसको सेक्स की भूख मिटाने के लिए कुछ न मिलेगा तो वह इधर–उधर भटकेगा और कहीं न कहीं गलत हरकत करेगा। जिन सांडों से प्रजनन प्रक्रिया करवानी है। उनको छोड़कर, अन्य सभी बछड़ों को बदिया कर बैल बना दिऐ जाने की अहम आवश्यकता है। दूसरी समस्या हरी फसल को चौपट करने वाली समस्या का समाधान एक ही है कि देश में हर क्षेत्रवार एक–एक नन्दीशाला खोली जाए। भारत की पहली नन्दीशाला नव–निर्मित चरखी दादरी जिले के समीपी गांव कलियाणा है जहां के अरावली पर्वत श्रृंखला की पहाड़ी जग प्रसिद्ध भी है क्योंकि इसी पहाड़ी में एक खान ऐसी है जिसका पत्थर हाथ में लेकर हिलाने से लरजता है तथा कट–कट की आवाज भी आती है। ऐसा संसार में किसी अन्य पर्वत के पत्थरों में नहीं है। इसी पहाड़ी की तराई में लग–भग पांच हजार बछड़ों, बैलो, सांडों को रखने की क्षमता की अभी हाल ही में समाज के लोगों ने मिलकर खोली है। इस नन्दीशाला में सरकार ने सहयोग तो किया है मगर बहुत ही थोड़ा। इस नन्दी शाला में तथा बाद में खुली अन्य नन्दीशाओं में भी सरकारी पंजीकरण तथा मुर्की वाला सिस्टम होना चाहिए।

इस पशु को संस्कृत में गाय, सुरभि, गौ, गऊ, मातृ, गउ, गउव, पयस्विनी, गउर, चमर, सौर भेयी, धेन, धेनु, माहेयी, धेनु, कामधेनु, गौः, धेनुका, सूर–वशा, धेनुष्टरी, गो, गोरी (सफेद रंग वाली गाय) मही, उखा, उषा, हिन्दी में गाय, गौ, मातु, रेवती, वृर्ष, गैया, गो, गऊ, गोरू, सुरभि, धौरी, धौरा, कपिला, हिन्दी की उप बोलीयों जैसे अहीरवाटी, जटवाती, राजस्थानी में चमर, सुरागाय, गा, गावड़ी, गाई, गाउ, चमरी, अगना, अरजुनी, उसा, उश्रा, कपला, कवली, गऊ, तंबा, त्रंबा, दहव्रण, देबधन, सॉँडणी, सांडनी, सांडली, धेन, नलंपिका, निलयका, माहा, महेयी, रोहिणी, सीगांली, सुरभि, सुरह, सुरै, स्रंगणी, ढांडढ़ी, बहलौ, गौड़ी, सौर भेई, गाइ, गउ, गोवर, गऊब, गाव, गौ, गायड़ी, गाऊड़ी, गावड़ी, अंग्रेजी, में काऊ, काउ नामों से जाना जाता है। संस्कृत में वष्कयणी, हिन्दी में बकेन, बकेना, साल की ब्याई हुई गाय को कहते है। हिन्दी में लुरी, हाल की ब्याई हुई गाय को कहते है। यह गौरी, काली, पीली, सफेद, लाल, चितकबरी, तरूणी रंगों की होती है। गाय की अनेक नस्लें होती है जिनमें हरियाणवीं, देसी, थारपारकर, साहीवाल, राठी, गिर, इत्यादि नस्ले होती हैं जिनमें साहीवाल, राठी, गिर, हरियाणवीं आदि श्रेष्ठ एवं अच्छी होती है हरियाणवी नस्ल को हिसार नस्ल भी कहा जाता है। इन सभी नस्लों के बछड़े भी सुन्दर एवं बलशाली होते है। बछड़े बड़े होकर बैल बनाये जाते हैं। ये बैल हल जोतने, गाड़ी खींचने तथा कोल्हु चलाने के लिए मजबूत होते है। गाय का दूध अन्य सभी दूधारू पशुओं से अलग ही होता है।

गाय के बछड़े को संस्कृत में वत्सक, वत्सकः, वत्सर, वत्सरः, वत्सराज, वत्स, गोवत्स, वत्सरूप, वच्छ, धैनव, हिन्दी में बछड़ा, बच्छ, बछा, बछरा, बछरू, बछवा, बछेड़ा, बाछा, बछेरू, (बछेरू घोड़ी के बच्चे को भी कहा जाता है) हिन्दी की उप बोलियों में बच्छा, बछड़ा, बछरू, बछेरू, बाछा, बचडौ, बचौ, बच्छौ, बछौ, वछौ, वचौ, वच्छ, वत्स, बच्छड़ौ, बाछड़ा, बच्चौ, बछ, बछक, वत्सक,

वत्सराज, बछराज, बछड़ौ, बछरौ, बछबौ, बछियौ, बछेड़ौ, बछेरौ, बछड़ा, बाछडू, बाछ, बाछेयौ, बाछौ, बचियौ, बचीयौ, बछियौ, बिचियौ, बिछयौ, बिछियौ, गऊड़ौ, बच्चौ, बाच्छा, बछक, बाच, वच्छ, वच्छि, वछ, वाच, वाच्छो, वाछ, बछवौ, बाछड़ियौ, बाछडू, बाछड़ौ, बाछरू, जींगड़ा, वच्छड़ौ, वछड़ौ, वाछड़उ, वाछड़ौ, वाछरू, वाछरौ, वाछो, बाछरूट, फारसी में बच्च नामों से जाना जाता है। बछड़ी को संस्कृत में वत्सा, हिन्दी में बछिया, बाछिया, बछड़ी, बाछी, बाछड़ी, बाच्छी, छेरी, जींगड़ी नामों से जानी जाती है।

बछड़े को बधिया कर बैल बनाया जाता है। यानी बछड़े की सेक्स प्रक्रिया को खत्म करके नपुंसक बनाया जाता है। जिससे बैल बन जाता है। बैल में सेक्स की जागृति नहीं होती है जिससे उसके शरीर की ताकत अच्छी बनती है। बैल की ताकत का अच्छी तरह से दोहन किया जाता है। बैल बनने से सेक्स क्रिया जागृत न होने की वजह से किसानों के अन्य ग्याभन (गर्भधारण किये हुए) पशुओं के साथ ये कोई छेड़छाड़ नहीं करते, यानी अन्य गर्भधारण किये हुए मादा पशुओं पर कूदते नहीं है। बैल को संस्कृत में वृषभ, ऋषभ, वृष, अनड़वान, धवल (सफेद रंग का बैल), अनुडह, पौरभेय, गौ; गो, उक्षा, उक्षन्, भद्र, बलीवर्द् धौरेय, हिन्दी में गैना, धौरा, गो, धौला, धौरिया, धोरी, बैल, हिन्दी की उप बोलियों में गोधौ, गोदौ, बलध, बलद, बाछिया, बलीवर्द, बुलध, ढौड्ढा, बहड़ा, बहड़का, नामों से जाना जाता है। गोई, गोती, हत, गाड़ी में जोती जाने वाली बैलों की जोड़ी को कहा जाता है। जिस बछड़े से प्रजनन की प्रक्रिया करवानी हो उसे बगैर कुटाएं एक सामाजिक परम्परा के तहत लोगों के समूह के बीच दाग लगाकर सांड छोड़ दिया जाता है। सांड को संस्कृत में षंड, वृषण, वृष्णि, वृष, शकरे, सेलग, हिन्दी में सांड, संड, हिन्दी की उपबोलियों में आंकल, आँक्कल, छैल्लड़, आदि नामों से जाना जाता है। सांड प्रजनन के काम आता है। गाय के हाल के बछड़े–बछड़ी को लवारा, लवाई कहा जाता है।

गाय एक दूधारू पशु है। जब दूध का जिक्र आ गया हो, हमें दूध के विभिन्न भाषाओं में नामों की जानकारी हासिल कर लेनी चाहिए। दूध को संस्कृत में दुग्ध, दूध, क्षीर, पयः, गोरस, पय, पयस्, पीयूष, सुधा, अमृत, मधु, दूदौ, दूद्यों, पीयूख, सतनी, सतन, स्तन्य, उत्तम रस, बालजीवन, जीवनीय, जलमित्र, जलमितं, पीयूषः, सर, पीयूंष, पुंसरस, स्वादक, ससात, सोमज, सोमिज, हिन्दी में दूध, खीर, हिन्दी की उप बोलियों में जैसे हरियाणवी, जटवाती, अहीरवाटी, में पीयूख, गावा, दूद, दूद्दू, स्तनस्राव, धार, डोका, मराठी में दूध, गुजराती में दूध, कन्नड़ में हालू, तेलगू में यालू, फारसी में शीरे, अरबी में लवनुख, लेटिन में लक्टस नामों से जाना जाता है वहीं राजस्थानी में इसे दुगध, गोरह, दुद, दूद, दूधि, दूदडलौ, दूद्दड़ियौ, दूदड़ौ, दुदियौ, दूदौ, दूधौ, दूधड़लौ, दूधड़ियौ, दूधड़ौ, दूधियौ, दूधौ, दोदौ, दोधौ, दूदड़, दूध, दुग्ध नामों से जाना जाता है। पीयूष उसी दूध को कहा जाता है जो दूध गाय ब्याने से सात दिन तक का हो। संस्कृत में सर शब्द आया है यह शब्द दूध की मलाई का है।

दूध को गर्म करके ठंडा किया जाता है जब दूध हल्का गर्म रह जाता है तब उसमें दही या छाछ अथवा अल्प खटाई की बूंद डालकर जामण दिया जाता है। दूध जमने के बाद दही बन जाता है। दही को संस्कृत में दई, दैव, दही, तक्रमंड, खीरज, क्षीरज, गोरस, तक्रजन्म, दधि, दध, पयंसी, मंगल्य, अनेतर, क्षरज, क्षारोदभव, दिग्ध, तक्रजन्य, हिन्दी में दही, दध, हिन्दी की उप बोली मैं जैसे हरियाणवीं, जटवाटी, अहीरवाटी, राजस्थानी में दही, दधि, जमणौ, जमाणौ, खीरज, गोरस, दध, दइ, दी, दहीड़ियौ, दहीड़ौ, दहीयौ, बंगाली में दही, गुजराती में दही, कन्नड़ में मसरू, तेलगु में पेरगु, फारसी में दोग नाम से जाना जाता है। संस्कृत में दधिलेह, दही के ऊपर की मलाई को कहा जाता है। दही के ऊपर की मलाई के संस्कृत में और भी नाम हैं जैसे दधिसर, दधिस्नेह इत्यादि।

दही को मथानी से मथ कर जो तत्व निकलता है उसे संस्कृत में अमृतसार, मधु, हैयगंवीन, नवनीतक, स्तन्यसत्व, तक्रजनीन, तक्रसार, दधिज, माख्ण, भ्रक्षंण, नवनीत, दधिजात, दधिभव, दधिसार, श्वेतरस, गोरस, हिन्दी में लवनी, मक्खन, दधिसुत, दधसार, हिन्दी की उप बोलियों में जैसे हरियाणवीं, जटवाटी, अहीरवाटी, राजस्थानी में नूनी, नूनी घी, मक्खन, अलूणो घी, लूणो घी, अलूणा घी, सार, तत्व, माख्ण, मख्ण, मखन, तक्रसार, दधसार, नवोघ्रति, नैगंवीन, परघ्रत, मधुर, मेलसरूज, सरज, साहज, मांकण, मांकुण, मांखण, मखनी, तक्रसार, दधसार नवोघृती, नैंगवीन परघर्त, मधुर, मेलसरूज, सरज, सारज, मांकण, मांकुन, मांखण, मखणी, माखणियौ, माख्णडौ, नैनूँ, नैन, इत्यादि नामों से जाना जाता हैं मक्खन निकालने के बाद मक्खन को खूब अच्छी तरह से गर्म करके उसमें लिपटी (चिपटी) छाछ को अलगाकर जो तत्व निकाला जाता है उसे ही घी कहा जाता है। घी को संस्कृत में घी, अमृत, सर्पिस, अमृतसार, सार, मधु, घृत, इविस, थाज्य, हिन्दी में घी, घृत, नवनीतक, नवीनतज, वहिभोग्य, हिन्दी की उप बोलियो जैसे हरियाणवीं, जटवाटी, अहीरवाटी, राजस्थानी में गावा, छवैणी, चौपड़, चोपड़, अंगबल, अमृत, आजि, जोखंत, तूप, तेजवंत, विखसुधार, सबलौ, सरपिख, हयअंगवीन, हविढि, घरत, घिरत, घिरित, घिव, घीव, घ्रत, घ्रित, घिवडौ, मराठी में तूप, गुजराती में घी, तेलगू में नेई, फारसी में रोगनेजर्दु अरबी में समन दूहनूलक्कर नामों से जाना जाता है। घी को लोग गर्म करके शक्कर, खांड, बूरा आदि में से एक को डालकर रोटियों के साथ खाते हैं कई बार लोग घी को गर्म करके रोटियों का कचूमर करके (चूरमा करके) उसमें गुड़, शक्कर, बूरा, खांड आदि में से एक को मिलाकर उसमें गर्म घी मिलाकर बड़े मजे से खाते है। यह खाने में भी स्वादिष्ट होता है वहीं शरीर को ताकतवर बनाने में भी अहम् होता है। उत्तरी–पश्चिमी भारत में बसने वाले लोग घी व दूध के खाने की बदौलत ही तो पूरे विश्व में सबसे ज्यादा बलशाली होते हैं।

बलशाली होने के कारण ही तो उत्तरी–पश्चिमी भारत के पंजाब, हरियाणा, राजस्थान, पश्चिमी उत्तर–प्रदेश आदि क्षेत्रों के नौजवान प्राचीन काल से सेना में भर्ती होते रहे हैं। अपनी भुजाओं के बल के कारण ही तो विदेशी आक्रमणकारियों को आने वाले (अमृतसर से श्रीगंगानगर तक) रास्ते में बलपूर्वक टक्कर देकर भारत को सदैव सुरक्षित रखा है। वहीं यहां के लोगों की आयु भी सैकड़ों वर्ष रही है तथा अब भी बहुत–से वृद्ध एक सदी वह भी निरोगी जीवन बीताते रहे है। उत्तरी–पश्चिमी भारत को छोड़कर, शेष भारत ने घी व दूध के महत्व को पहचाना ही नहीं।

दही मथने के बाद उसमें से मक्खन निकाल लेने के बाद शेष रहे भाग को छाछ कहा जाता है। छाछ को संस्कृत में गोरस, मही, मठा, तक्र, तक्रजननी, पयस्या, दधिस्वेद, छाछ, छच्छिका, हिन्दी में तक्रपिंड, मट्ठा, मही, लस्सी, लसी, तक्र, कपिक्रा, छाछ, मठा, छाय, तक्रमनित, द्रव्य, तक्रजननी, हिन्दी की उप बोलियों जैसे हरियाणवीं, जटवाटी, अहीरवाटी, राजस्थानी में छाः, सीत, शीत, छाछ, लस्सी, ल्हस्सी, ल्हास्सी, छा, उदिचित, कालसेय, तक्रभाथिति, छाछि, छास, छासि, छाह, मटटों, मटठ, मटठों, मठौ, मठ्ठौ, तक्रि, छाओडी, छाओड़ौ, छा' डी, छा' डौ, छाछड़ली, छाछड़लौ, छाछड़ नामों से जाना जाता है। हरियाणा के लोक महाकवि गुणी पं. सुखीराम जी ने अपने वृहद् काव्य में छाछ को 84 गुणों से सम्पन्न बताया है। यदि सुखीराम जी की चोरासी गुणों का बखान करने वाली कविता का वैज्ञानिक तौर से विशलेशन व अनुसंधान किया जाए तो छाछ के चोरासी गुणों से मानव को 84 प्रकार के फायदे तो मिल ही सकते है।

दूध से और भी बहुत–से तत्व बनाये जाते हैं। दूध में चावल या सेई अथवा शामक में से एक को डालकर खीर बनाई जाती है। देहात में दो प्रकार की खीर बनाई जाती है एक खीर, दूसरी पनखीर। खीर को बनाने का सार यह है कि एक किलो ग्राम दूध

में 50 ग्राम चावल, 20 ग्राम किसमीस, 25 ग्राम गोला (सूखा नारियल) चूरा, 100 ग्राम चीनी डालकर आग पर अच्छी तरह से पकाएं, जब वह दूध रबड़ी की तरह गाढा हो जाए, तब उतार लें और खाने लायक ठंडा हो जाए, तब बड़े मजे के साथ खाएं। कुछ लोग खाने लायक ठण्डी होने पर कुछ मात्रा 50 ग्राम देसी घी भी डालकर खाते हैं। पनखीर बनाने का तरीका यह है कि इसमें कम दूध में पानी डालकर बढाया जाता है। कहने का तात्पर्य यह है कि जिस खीर में पानी डाला जाता है वह पनखीर कहलाती है। खीर को संस्कृत में खीर, क्षीर, खीरडी, हिन्दी मे खीर, हरियाणवी में खीर, राजस्थानी में खीरडी कहा जाता है। दूध को खूब गर्म करके अत्यन्त गाढा कर लिया जाता है फिर उसमें चीनी की चाशनी डालकर उसके ठण्डे होने पर बर्फी काटी जाती हैं। इस क्रिया से उत्पन्न तत्व को खोया कहा जाता है। खोया को संस्कृत में खोऔ, खोया, मावा, मावौ, मंड, खोआ, हिन्दी में खोया, हरियाणवीं में खोवा, घनीभूतदूध, खोहवा, राजस्थानी में खोओ नाम से जाना जाता है। दूध को औटाकर गाढा किया हुआ दूध में चीनी डालकर बना तत्व रबड़ी कहलाता है। हिन्दी में रबड़ी, वसौंधी, हरियाणवीं में राबड़ी कहा जाता है। यह रबड़ी भी खोया की तरह होती है। यह स्वादिष्ट व पौष्टिक होती है।

ताजा ब्याई हुई गाय के दूध को देहात में किल्ली कहा जाता है किल्ली को जरूरत से अधिक गर्म करने पर पनीर जैसा पदार्थ बन जाता है उसको देहात में खीस कहा जाता है। खीस के गुड़ या खांड़ के साथ खाने से रतौंधी रोग दूर हो जाता है। इसे संस्कृत में खीस, हिन्दी में खीस, हरियाणवीं में खीस, पेउस, पेवस, पेयस, नाम से ही जाना जाता है। अब जिक्र आ गया पनीर का। दूध को गर्म करके, गर्म दूध में हल्की–सी खट्टाई डालकर फाड़ा जाता है जिससे पनीर का जन्म होता है। पनीर को संस्कृत में छेदन, तक्रकर्चिका, तक्रपिंड, दधि कूर्चिका, हिन्दी में छेना, हरियाणवीं में छेलड़ा, छिलड़ा, खीस, फारसी में पनीर नाम से

जाना जाता है। पनीर से सब्जी, पकौड़ा, समोसा, जलेबी, इत्यादि पकवान व मिठाई बनाई जाती है। इसी पनीर से रसगुल्ला, चमचम, चमाचम इत्यादि बनाये जाते हैं। दूध से ही रसमलाई बनाई जाती है। यह रबड़ी में रसगुल्ला डालने पर रस मलाई कहलाती है। दूध से बर्फी, कलाकंद, गुलाब जामुन, गाजरपाक, रसभरी, हिनामुर्गी, रसपट, क्रीम, रसराज, टोटरू, रसनोरा भी बनाये जाते हैं। आईस रबड़ी भी दूध से बनती है। आईसक्रीम भी दूध से बनती है। दूध, दही, मठ्ठा, छाछ, इन्द्रिय, सुख ही गोरस कहलाते हैं।

गाय के गोबर को संस्कृत में गोमय, गोवर, गोशकृत, गोविट्, गोबर, गोपुरिस, गोरिट, गो–विष्टा, गो–मल हिन्दी में गोमय, गोवर, गोबर, हिन्दी की उपबोलियों हरियाणवीं (जटवाटी, अहीरवाटी), राजस्थानी में गायविट, गोमय, पोटौ, भूमिलेप, गोबर, गोब्बर, नामों से जाना जाता है। गोबर भी बड़ा महत्वपूर्ण होता है। इसके गोबर में स्वर्णक्षार ऑक्साइड होता है जिसके कारण यह रोगाणुओं, विषाणुओं का नाश करता है। गांवों में गाय के गोबर से घर लीपने की परम्परा प्राचीन काल से चली आ रही है। स्थान शुद्धि की इस प्रक्रिया को हमारे पूर्वजों ने बहुत पहले जान लिया था। आधुनिक चिकित्सा शास्त्र के डॉक्टर तथा वैज्ञानिक गण तो अब कह रहे है कि गाय के गोबर से लीपने पर हमारी ऊर्जा तरंगित होती है क्योंकि गाय का गोबर असीम और अद्वितीय ऊर्जा का भण्डार है। आज गाय के गोबर का केंचुओं द्वारा तैयार खाद भी बहुत ही पैदावार बढाने में लाभदायक है। गोबर में गैस शक्ति भी बहुत होती है। तथा ऊर्जा का भी भण्डार होता है। इस विषय की खोज करने का श्रेय उत्तर प्रदेश के बरेली जनपद के गांव भूता के नवोदित पब्लिक स्कूल में पढ रहे तत्कालीन कक्षा सातवीं के छात्र आशुतोष यादव को जाता है। आशुतोष यादव ने सीसे और तांबें की प्लेट के सिरों में तार बांधकर एक डिब्बे में रखकर उस डिब्बे में गाय का गोबर भर दिया और आधे घंटे बाद गाय का गोबर

बैटरी की तरह विद्युत ऊर्जा देने लग गया। इस तरह उसने गाय के गोबर में विद्युत ऊर्जा को खोज निकाला, बाहर निकाले तारों के सिरे स्कूल की घड़ी से जोड़े गए तो वह चलने लग गई। यह शुभ दिन 28 अगस्त 2000 का था और 16 मार्च 2002 तक कमल ज्योति पाक्षिक लखनऊ से प्रकाशित पत्रिका में इस विषय का संवाद छपने तक स्कूल घड़ी चल ही रही थी कमल ज्योति पत्रिका में इस विषय पर छपने के बाद इस तकनीक की खोज का पेटेंट हुआ या नहीं, इसकी जानकारी प्राप्त नहीं हो पाई है।

गाय के गोबर द्वारा चालित गोबर गैस सयंत्र लगाया जाता है तो बहुत ही फायदा होगा। एक तो इससे ईंधन की बचत होगी और गोबर जलकर राख नहीं होगा तीसरा फायदा यह होगा कि गोबर न जलने के कारण वायु प्रदूषण भी नहीं होगा अपितु इस गोबर (गैस निकलने के बाद बाहर निकले गोबर को सैलरी कहा जाता है) को अलग से होदी (हौज) में डालकर केंचुओं को छोड़ दिया जाए। सैलरी गैस रहीत होने के कारण केंचुएं मरेगें भी नहीं तथा केंचुएं उत्तम किस्म का जैविक खाद तैयार कर देगें। इससे तो वही कहावत हो गई–'आम के आम, गुठलियों के दाम'।

गाय के गोबर से उपले भी पाथे जाते हैं। उपलें को संस्कृत में गोबरी, हिन्दी में उपला, गोसा, गोहरा, गोइंठा, कंडा, हरियाणवी में कंडा, थेपड़ी, गोसटा, गोस्सा, गोस्टी, (छोटा उपला), नामों से जानते हैं। उपले बनाकर जलाने से वायु प्रदूषण होता है वहीं हमारे खेत बढिया उर्वरक (जहर रहीत खाद) से वंचित रह जाते हैं। तब उर्वरा शक्ति बढाने के लिए हमें रासायनिक खादों का उपयोग करना पड़ता है। जिससे हम जहर खुद वह भी रासायनिक खादों को खरीदने के लिए लम्बी–लम्बी लाईनों में लगकर, खरीदकर खेतों में डालते हैं इससे धन की हानि होती है वहीं जहर युक्त फसल होगी और हमारे खेतों की उपजाऊ ताकत घटते–घटते एक दिन खेत बंजर (बंजड़) हो जाते हैं। बंजर होने

पर न तो बैलों के हल से तथा न ही ऊंट के हल से व न ही ट्रेक्टर से अच्छी जुताई हो पाती है। जब अच्छी जुताई ही नही, तब अच्छी पैदावार की कामना कैसे की जा सकती है। इसलिए मेरा तो एक ही सुझाव है कि गौपालक अपने–अपने घरों में गोबर गैस सयंत्र लगाकर अनेकों लाभ उठायें। अब हाल ही में गाय के गोबर से घरों की दीवारों, दरवाजों, किवाड़ों, खिड़कियों, इत्यादि के लिए शुद्ध पवित्र पेंट भी तैयार (बनाने की) करने की तकनीक का आरम्भ हो गया है। गाय के गोबर से तैयार पेंट से रसायन युक्त पेंटों की तुलना में हर घर शुद्ध होगा वहीं बहुत–सी बीमारी के किटाणुओं का नाश होगा। प्रत्येक किसान–पशुपालक भाई अपने–अपने घरों में गाय पालकर, उसके गोबर को पेंट बनाने वाली कम्पनियों को बेचकर लाभ भी कमा सकते हैं। इससे दोहरा लाभ होगा, एक तो दूध का दूसरा गोबर का, साथ में गौमूत्र का भी।

गाय का दूध दूहना अन्य दूधारू पशुओं से अलग तरह का, कुछ कठिन हो सकता है। दूध दुहने हेतु नयाने की सख्त जरूरत होती है। इस पर एक कहावत प्रचलित है कि 'गाय नियाने की, बहू ठिकाने की' के अनुसार जिस गाय का दूध दुहने के लिए नियाना लगाने की आवश्यकता पड़ें अर्थात नयाना लगवाकर दूध देने वाली गाय उत्तम होती है तथा ठौर–ठिकाने से ब्याह कर लाई गई बहू ही अच्छी मानी जाती है। बिना नियाने की गाय खरीदकर, बिना ठिकाने की बहू को ब्याह कर लाने वालों को दूसरे लोगों के कोप का भाजन होना पड़े वह तो है ही और साथ ही उन्हें स्वयं को नुकसान उठाने पड़ सकते हैं। गाय में जहां सौ गुण हैं वहीं एक अवगुण भी देखने में आया है। इस अवगुण को बता देना जरूरी है। इसे यदि ज्यादातर खुला छोड़ कर रखते हैं और घर पर चारा–चाट चराने में कोताही बरतते हैं तो मनुष्य का सौच खा जाती है इसलिए इसको खुला न छोड़कर, अपने घर में ही गाय को भर पेट चारा देना आवश्यक है। यह कम चारे में अधिक

मुनाफा दे सकती है। वैसे आज के भारत में प्रधानमंत्री श्री नरेन्द्र मोदी द्वारा स्वच्छ भारत मिशन के तहत मनुष्य द्वारा खुले में सौच जाना बंद करने से खुले में सौच नहीं मिलने वाला है फिर भी खुला छोड़ देने पर प्लास्टिक की पन्नियों (थैलियों) आदि को खाने से गाय की मौत भी हो सकती है। इसलिए गाय को खुला न छोड़ें। अगर प्लास्टिक की पन्नी भी न खाऐगी तो भी किसी किसान के खेत में घुसकर नुकसान पहुंचाएगी तो उसके उलहानें औटने पड़ेंगे या फौजदारी का पंगा हो सकता है। इसलिए खुला न छोड़े तथा अन्य पशुपालक को भी यही सलाह दें, इस से फायदा ही हैं।

गाय के मूत्र को संस्कृत में गोमूंत, हिन्दी में गोमूत्र, गोमूत, हरियाणवीं में गोवंत्र, गोउंत्र नामों से जाना जाता है। इसका मूत्र भी बड़ा गुणकारी होता है। यह कीट एवं रोगाणु नाशक होता है। इसका सब्जियों एवं फसलों पर कीट नाशक के स्थान पर छिड़काव करना, ज्यादा फायदेमंद होता है। इसके छिड़काव से कीटों, रोगाणुओं का नाश तो होता ही है साथ ही सब्जी, अन्न, फल खाने पर मानव शरीर पर कोई गलत प्रभाव (दुष्प्रभाव) नहीं पड़ता। इसके घर में छिड़कने मात्र से ही घर की शुद्धि हो जाती है। छिड़काव मात्र से ही अनेक रोगाणुओं का नाश हो जाता है। हिन्दू धर्म ग्रन्थों के अनुसार तो इसे सनातन काल से पवित्र माना जाता ही है। आज भी लोग इसे कई रस्मों–रिवाजों पर गंगाजल, गौमूत्र को मिलाकर छिड़काव करते है। इस प्रक्रिया के पश्चात घर को पवित्र माना जाता है। प्राचीन ग्रन्थों में इसका जो उल्लेख मिलता है इससे स्पष्ट है कि प्राचीन ऋषियों ने इस पर गहन अध्ययन एवं अनुसंधान करके ही इसका ग्रन्थों में उल्लेख किया है फिर भी आजकल अमेरिका जैसे पाश्चात्य संस्कृति के धनी देश ने गौमूत्र पर पेंटेंट कर दिया है। गौमूत्र का अमेरिका ने किया है। इससे भारतीय प्राचीन संस्कृति को दरकिनार कर दिया गया है। भारत की आन–बान–शान पर जो धब्बा लग गया है तथा हम

भारतीयों को डूब मरना चाहिए कि जिस गौमूत्र को हम अपनी महत्वपूर्ण वस्तु समझते थे, उसको हमने तो त्याग दिया है और इसका अमेरिका ने पेटेंट करा लिया है। पाश्चात्य देशों की अपवित्र वस्तुओं को हमने ले लिया है। जब हम अपनी वस्तु का त्याग करेंगे तो दुसरा उसे स्वीकार करता है। तो इसमें दूसरे का क्या दोष है? हम पाश्चात्य संस्कृति की लुभावनी चीजों पर मंत्र–मुग्ध हो जाने की वजह से ही यह सारा खेल–खेला गया है। हमने अपनी जितनी भी महत्वपूर्ण वस्तुएं हैं उनको पुनः स्वीकार करके अपनी आन–बान–शान एवं वैभव को दोबारा से स्थापित करना होगा। इसके लिए हम सभी भारतवासी (सभी धर्मों के) एक हैं। हम खोना जानते हैं तो अपनी वस्तुओं को लेना भी जानते हैं। 'कसाई के माल को बकरा नहीं खा सकता' हम अपनी वस्तुओं को पाश्चात्य संस्कृति के देशों से लेकर ही रहेंगें। हमारे देश में आज भी उद्यम सिंह जैसे अमर शहीदों की कोई कमी नहीं है।

गौशाला, गोचर भूमि, गोरोचन इत्यादि शब्द गाय से सम्बंधित है इन शब्दों का किस काम, किस वस्तु से सम्बन्ध है इस पर भी चर्चा करनी अति जरूरी है। गौशाला का अर्थ है कि जहां अत्यधिक संख्या में गायें रहती हो उसे गौशाला कहा जाता है। इसे संस्कृत में गौशाला, गऊशाला, गोस्थान, धनुक, गोकुल, हिन्दी में गो समूह, गोष्ठ, गाय गोट, हिन्दी की उप बोलियों में जैसे हरियाणवीं, जटवाटी, अहीर वाटी, राजस्थानी इत्यादि में गौसाला, गोसाला, गोसाल्ला, फारसी में गउखागौ, नाम से जाना जाता है। शायद नन्द बाबा के गांव नन्दगांव का नाम गोकुल भी गायों की संख्या की अधिकता की वजह से ही पडा हो क्योंकि गोकुल में गायों की संख्या इतनी अधिक थी कि हमारे ग्रन्थ तो श्री कृष्ण द्वारा नौ लाख गाय चराने का वर्णन करते हैं। नौ लाख गायों को भले ही न चराया हो, हजारों गायों को तो अवश्य ही चराया है। वृन्दावन में गोवर्धन पर्वत भी है। इस पर्वत का नामकरण भी गाय से ही सम्बंधित है। गो का अर्थ है गाय। वर्धन का अर्थ है वृद्धि।

गायों को बढोतरी तो पर्वत में घास इत्यादि ज्यादा से ज्यादा होगी तो हो गायें पलेंगी और बढेगी ही।

अब बात आती है गोचर भूमि की। गोचर भूमि को संस्कृत में गोचर भूमि, हिन्दी में गऊचारा भूमि, हरियाणवीं में गउचर भौम नामों से जाना जाता है गोचर भूमि का अर्थ है कि गायों के चरने का स्थान। सनातन काल से ही हमारे देश में गायों को चरने के लिए हरेक गांव, हरेक शहर में एक–एक क्षेत्र (चारे की पैदा देने वाले) को सुरक्षित छोड़ा जाता था। यह क्षेत्र स्वतंन्त्र भारत में हमारे पंजाब एवं हरियाणा में चकबंदी के समय भी छोड़ी गयी थी जो आज केवल कागजों में ही देखनो मिलती है। मौके पर तो इन सुरक्षित क्षेत्रों पर अवैध कब्जों, रिहायशी प्लाटों, सरकारी भवनों आदि ने जगह ले ली है। यह महज इसलिए हुआ है कि हर नेता, हर पंचायत, नगर पंचायत, नगर निगम सदस्य वोटों के मोहताज जो हो गये हैं। इस लिए ऐसे वोटों का त्याग करके परम्परागत सुरक्षित क्षेत्रों को बचाने तथा गायों को सुरक्षित करके अपने आप को महफूज रखने का संकल्प लें तो।

गोरोचन शब्द के विषय में मतलब यह है कि गाय के हृदय के पास पित्त में से उत्पन्न होने वाला पीले रंग का एक प्रकार का सुगंधित द्रव्य यह अष्टगंध के अंतर्गत है और बिल्कुल पूरी तरह पवित्र माना जाता है। इसको संस्कृत में अमृत, गोरोचन, हिन्दी में गोरोचन नाम से जाना जाता है। यह बहुत–से रोगों की मुक्ति के लिए काम में आता है।

युनानी मतानुसार महिलाओं के दूध के बाद गाय का दूध ही सबसे उत्तम माना गया है जिस दूध में गाढापन होता है, वह दूध देरी से हज्म होता है। बच्चा जब तक 40 दिन का न हो जाए, तब तक उसे जानवर, पशु का दूध पिलाना हानिकारक माना जाता है। आयुवेर्द के अनुसार दूध मधुर, स्निग्ध, वात–पित्तनाशक, मृददुविरेचक, तत्काल वीर्य जनक, शीतल, सब प्राणियों की आत्मा,

जीवन, वृहण, बलकारक, बुद्धिवर्धक, वाजीकरण, अवस्थास्थापक ओज के बढाने में विरेचन, वमन और वस्ति के समान गुण करता है। जीर्णज्वर, मानसिक रोग, क्षय, रोग, मूर्च्छा, भ्रम, संग्रहणी, पाण्डुरोग, दाहतृषा, हृदय रोग, शूल उदावर्त गुल्म गुदांकर, रक्तपित्त, अतिसार, योनिरोग, श्रम और गर्भ स्राव में निरंतर हितकारी होता है। जो बालक, वृद्ध, क्षतक्षीण भूखे और मैथून करने से क्षीण हो गये हैं उनको दूध बहुत लाभ पहुंचाता है। गरम तथा दाहजनक, अन्न और पेयों का सेवन करने वाले मनुष्यों को दाह की शान्ति के लिये भोजन के उपरान्त दूध अवश्य पीना चाहिए। दूध स्वाद, मधुर, स्निग्ध, ओज कारक, धातुवर्धक, वात–पित्तनाशक, कफनाशक, शीतल और भारी है। यह जीर्णज्वर और कफ के क्षीण होने की बीमारियों में अमृत के समान गुणकारी है मगर तरूण ज्वर में इसका पीना विष के समान हानिकारक है।

गाय का दूध रस और पाक मधुर, शीतल, स्तनों में दूध उत्पन्न करने वाला और पित्त को नष्ट करने वाला, भारी, हमेशा सेवन करने वाले मनुष्यों को बुढापे से बचाने वाला और सभी रोगों को शान्त करने वाला है। काली गाय का दूध वात नाशक और अधिक गुणकारी है। पीली गाय का दूध पित्तनाशक और वातनाशक होता है। सफेद गाय का दूध कफ कारक होता है। लाल और चितकबरी गाय का दूध वातनाशक होता है। तरूणी गाय का दूध मधुर, रसायन और त्रिदोष नाशक होता है। वृद्ध गाय का दूध दुर्बलता जनक होता है। जिस गाय को गभर्वती हुए तीन महीने बीत गये हैं उसका दूध पित्त कारक, खारा, मधुर दोष, होता है। जिस गाय ने पहली बार बच्चा दिया है उसका दूध रूखा, दाहकारक, रक्त को कुपित करने वाला और पित्तनाशक है। जिस गाय को बच्चे दिये बहुत दिन बीत गयें हों, उसका दूध बलवर्धक होता है। (इस गाय को हिन्दी में बकेन, बकेना, हरियाणवीं में बाखड़ी संस्कृत में वष्कयणी, नाम से जाना जाता है।) जिस गाय का बछड़ा मर गया हो या बछड़े होने के तुरन्त बाद का दूध भारी,

कब्जियत करने वाला और दुष्पाच्य होता है। (धन्वन्तरी कृत भारतीय जड़ी–बूटियाँ नामक पुस्तक से)।

गाय के दूध के गुण एवं अवगुणों पर एक नजर डालतें हैं। पहले गुण पर प्रकाश डाला जा रहा हैः– गाय का दूध विशेषकर स्वाद तथा विपाक में मधुर रसयुक्त, शीतल, दुग्धवर्धक, स्निग्ध, वातपित्त तथा रक्त विकार को नष्ट करने वाला, दोष–धातुमल तथा नाड़ियों में किंचित क्लेद (आर्द्रता) उत्पन्न करने वाला, गुरू एवम् निरन्तर सेवन करने वालों की वृद्धावस्था तथा समस्त रोगों का शमन करने वाला होता है। काली गाय का दूध वातनाशक, औरो की अपेक्षा अधिक गुणकारी होता है। पीली गाय का दूध पित्त तथा वातनाशक होता है। सफेद (धोली) गाय का दूध कफकारक, गुरू होता है। लाल तथा चितकबरी गायों का दूध वातनाशक होता है। हाल की ब्याई हुई अर्थात छोटे बछड़े वाली तथा जिसके बच्चे मर गये हैं ऐसी गायों का दूध त्रिदोषकारक होता है। बष्कयिण्या गोः यानी बाखरी गाय, बकेन गाय, बकेनी गाय का दूध त्रिदोषनाशक, तृप्तिकारक, तथा बलकारक होता है। किसी क्षेत्र की, किस देश की अर्थात किस वातावरण की गाय का दूध किस प्रकार का होता है इस विषय पर प्रकाश डाला जा रहा है। जंगल देश, आनूप देश, तथा पर्वतों पर चरने वाली गायों, का दूध उपरोक्तर एक–दूसरे की अपेक्षा अधिक गुरू होता है। अर्थात जंगल देश में चरने वाली गाय की अपेक्षा आनूप देश में चरने वाली गाय का दूध अधिक गुरू होता है। उसकी अपेक्षा पर्वत पर चरने वाली गाय को दूध अधिक गुरू होता है। क्योंकि आहार के अनुसार ही दूध में स्नेहपदार्थ (घी, फैट) रहता है। और उसी के न्यूनाविक्य से न्यून तथा अधिक गुरू दूध होता है अर्थात जिसमें अधिक स्नेह भाग रहेगा, वह दूध अधिक गुरू होगा, जिसमें कम रहेगा वह कम गुरू होगा। आहार विशेष से गाय का दूध भी अपना अलग–अलग महत्व रखता है जो गाय चारे के साथ थोड़ा अन्न खाती है उससे जो उन्हें दूध उतरता है। अतः एव वह स्वस्थ मनुष्यों के लिए

गुणदायक होता है। और जो गाय पैरा (भूसा), घास तथा कपास का बीज (बिनौला) खाकर दूध देती है उसका दूध रोगियों के लिए हितकर होता है। दूहने के समय जो उष्णता रहती है उससे युक्त दूध को धारोष्ण दूध कहते है। गाय का धारोष्ण दूध बलकारक, लघु, शीतल, अमृत के समान, अग्निदीपक, तथा त्रिदोषनाशक होता हैं किन्तु यदि वह गाय का दूध धारा शीतल अर्थात दुहने के बाद देर तक रखने से शीतल हो गया हो तो उसे छोड़ देना चाहिए अर्थात धारोष्ण का पूर्वोक्त गुण न होने पर नही पीना चाहिए, यदि पीना हो तो गर्म करके ही पीयें। धारोष्ण दूध गाय का ही उत्तम होता है। साधारण रूप से औटाया हुआ गर्म दूध कफ तथा वात नाशक होता है और औंटाकर शीतल (ठंडा) किया हुआ पित्तनाशक होता है। दूध में यदि आधा भाग जल मिलाकर औटांया जाए और जब पानी जलकर केवल दूध का भाग शेष रह जाए तब उतार लें। यह दूध कच्चे की अपेक्षा अधिक लघु होता है। बिना जल मिलायें दूध को जितना अधिक औटांया जाएगा, उतना ही अधिक उत्तरोत्तर गुरू, स्निग्ध, वीर्य तथा बल को बढाने वाला होता जाएगा।

तत्काल की ब्याई हुई गाय के गाढे दूध को पीयूष, किलार, क्षीरशाक, तक्रपिण्ड, मोरट तथा किल्ली कहते हैं बिगड़े हुए दूध को यदि औटातें–औटातें गाढा करके पिण्डाकार बना लिया जाय तो उसे किलाटक, कलाकंद, खरेटा, गिजिरी कहते है। जो दूध बिना औंटाये ही (कच्चा ही) फट गया हो, उसे क्षीर शाक कहते हैं, जो दूध, दही अथवा तक्र (छाछ) के संयोग से फट गया हो अथवा फाड़ा गया हो, उसे यदि वस्त्र में बांध कर लटका दिया जाए तो द्रव पदार्थ हीन होने पर अर्थात पानी का भाग निकल जाने पर उसे तक्रपिण्ड, पनीर कहते हैं। वस्त्र में बांधने पर जो जल टपक कर गिरता है उसे मोरट कहते है। पीयूष, किलाट, क्षीरशाक, तक्रपिण्ड में सब वीर्य वर्धक, वृहंण (रस–रक्तादिवर्धक), बल को बढाने वाले, गुरू, कफकारक, ह्रदय को हितकर, वात,

तथा पित्तनाशक, दीप्तअग्नि वाले तथा जिन्हें नीदं नहीं आती है ऐसे लोगों के लिए एवं विद्रधि रोग वालो के लिये अत्युत्तम होते है। और मोरट यदि बूरा से युक्त हो तो लघु, बलकारक, रूचिजनक एवम् मुखशोध, प्यास, दाह, रक्त पित्त तथा ज्वर को दूर करने वाला होता है। दूध को गर्म करके ठण्डा करने पर दूध पर जो परत बनती है उसे 'मलाई' कहा जाता है। मलाई गुरू, शीतल, वीर्यवर्धक, तृप्ति कारक, बृंहण (रस–रक्तादिवर्धक), स्निग्ध, कफ, बल, शुक्र को उत्पन्न करने वाली एवम् पित्त–रक्त विकार तथा वात को दूर करने वाली होती है। खांड मिला हुआ दूध कफकारक तथा वातनाशक होता है। बूरा या मिश्री (मिसरी) मिला हुआ दूध शुक्रजनक, त्रिदोष नाशक होता है। गुड़ मिला हुआ दूध मूत्र–कृच्छनाशक एवं पित्त तथा कफ को अधिक उत्पन्न करने वाला होता है।

प्रातः काल को पिया हुआ दूध प्रायः करके सांयकाल के दूध की अपेक्षा अधिक गुरू तथा शीतल होता हैं क्योंकि रात्रि में चन्द्रमा के गुणों की अधिकता रहती है तथा व्यायाम (चलने–फिरने का श्रम) नहीं किया जाता है। और सांयकाल का दूध प्रातःकाल के दूध की अपेक्षा लघु एवं वात तथा कफ नाशक होता है क्योंकि दिन में शरीर पर सूर्य की किरणें पड़ती रहती है एवं व्यायाम (चलने–फिरने का श्रम) तथा वायु सेवन होता रहता है। दिन के पूर्व भाग अर्थात सुबह से 10 बजे तक में दूध पीना वीर्यवर्धक, रस–रक्तादिवर्धक तथा अग्नि को दीप्त करने वाला होता है। दोपहर के काल में दूध पीना बलकारक, कफ, तथा पित्त को दूर करने वाला एवं अग्नि दीपक होता है। बाल्यावस्था में दूध पीना शरीर को वृद्धि करने वाला होता है। क्षय का निवारण करने वाला और वृद्धावस्था में दूध पीना शुक्र की रक्षा करने वाला होता है। रात्रि में दूध पीना पथ्य (हितकर), अनेक दोषों का शमन करने वाला एवं नेत्रों के लिये हितकर होता है यह ऋषियों द्वारा कहा गया है।

कई आचार्यों का कथन है कि रात्रि में केवल दूध ही पीना चाहिए, उसके साथ भात, अन्न आदि नही खाना चाहिए क्योंकि इससे अजीर्ण होता है और रात्रि में नीदं भी नहीं आती है। और दूध पीने के बाद पात्र (बर्तन) में कुछ शेष भाग न छोड़े अर्थात जितना पीना हो उतना ही दूध डालकर पीयें अथवा दूध यदि कुछ अधिक हो जाए तो भी पीने से हानि नहीं हो सकती। अतः दूध कभी–भी पीकर शेष नहीं छोड़ना चाहिए। मनुष्य दिन में जो कुछ विदाही (दाह पैदा करने वाले), अन्न–पान आदि का सेवन करता है, उससे होने वाले दाह की शान्ति के लिये रात्रि में उसे प्रतिदिन दूध अवश्य पीना चाहिए। जिनकी अग्नि प्रदीप्त है या जो कृश हैं उन सब के लिए एवं बालक वृद्ध तथा जिन्हें दूध प्रिय है। ऐसे लोगों के लिए दूध पीना अत्यन्त हितकर होता है। क्योंकि दूध पीना तत्काल पीते ही शुक्र की वृद्धि करने वाला होता है। गाय के दूध का झाग (फेन) त्रिदोष नाशक, रोचक, बलवर्धक, अग्नि की वृद्धि करने वाला, वीर्य वर्धक, तत्काल तृप्ति, देने वाला, लघु एवं अतीसार, अग्नि की मन्दता तथा पुराने ज्वर में हितकर होता है। जो दूध बदरंग हो गया हो अर्थात खराब स्वाद वाला, खट्टा, दुर्गन्धयुक्त, ग्रन्थि पडा हुआ (फटा हुआ) खट्टाई या नमक गिरा हुआ हो उसे छोड़ देना चाहिए अर्थात न पीवें, क्योंकि उक्त दूध पीने से कुष्ठ आदि रोग पैदा हो जाते है।

जो दूध औटाकर जमाने के बाद मथानी से मथा हुआ हो और उसमें से मक्खन न निकाला गया हो, उसे मथा हुआ दूध, अध बिलौया दूध कहा जाता है। इसको पीने से यह दूध लघु, वीर्यवर्धक, एवं ज्वर, वात, पित्त तथा कफ को दूर करने वाला होता है। दही उष्ण, अग्नि दीपक, स्निग्ध, किचिंत कषाय रसयुक्त, गुरू, पिपाक में अम्ल–रसयुक्त, ग्राही एवं पित्त, रक्त विकार, शोथ, मेद और कफ को उत्पन्न करने वाला होता है। और मूत्र–कच्छ्र, जुखाम (जुकाम), शीत विष ज्वर, अती सार, अरूचि तथा कृशता में उत्तम होता है और बल तथा शुक्र को बढाने वाला होता है। दही भी

कई प्रकार का होता है यथा; मन्द, स्वादु, स्वाद्वम्ल, अम्ल, अत्यम्ल आदि पांच भेद होते है। जो दही ठीक से जमा हुआ न हो यानी दूध जैसा अर्थात जरा–सा गाढा हो उसे मन्द दही कहा जाता है। मन्द दही मल तथा मूत्र की प्रवृत्ति करने वाला, त्रिदोष और दाह को उत्पन्न करने वाला होता है। जो दही भली–भांति गाढा हो गया है। और जिसका स्वाद स्वादु (मधुर) रस अच्छी तरह प्रकट हो रहा हो तथा अम्ल–रस अव्यक्त हो (ठीक से नही मालूम पड़ता हो) वह स्वादु दही कहलाता है। स्वादु दही अत्यन्त अभिष्यन्दी, वीर्यवर्धक, मेद तथा कफ को उत्पन्न करने वाला, वात नाशक, पिपाक, में मधुर रसयुक्त तथा रक्तपित्त को शान्त करने वाला होता है। जो दही गाढा, मधुर रसयुक्त तथा अन्त में कषाय युक्त होता है उसे स्वादुम्ल दही कहते है। स्वादुम्ल दही गुणों में साधारण दही के समान गुणों वाला होता है। जिस दही में मधुर रस छिपा हुआ है। और अम्ल रस प्रकट हो रहा हो उसे ही अम्ल दही कहा जाता है यह दही अग्नि दीपक एवं पित्त, रक्त विकार तथा कफ को बढाने वाला होता है। जिस दही के खाने से दांत हर्षित हो जायें तथा रोंगटे खड़े हो जायें और कण्ठ आदि में दाह होने लगे उसे अत्यम्ल दही जाने। अत्यम्ल दही अग्नि दीपक एवं रक्त, विक्‌ार, वात तथा पित्त को अत्यन्त उत्पन्न करने वाला होता है। गाय का दही विशेष रूप से मधुर तथा अम्लरसयुक्त, रूचि उत्पन्न करने वाला, पवित्र, अग्नि दीपक, हृदय के लिए हितकर, पुष्टिकारक, तथा वात नाशक होता है सम्पूर्ण जानवरों के दूध के दहियों के बीच गाय के दूध का दही ही अधिक गुण पैदा करने वाला होता है।

पकाये हुए दूध से तैयार किया दही रूचिकारक, स्निग्ध, उत्तम गुण वाला, पित्त तथा वात को दूर करने वाला एवं सम्पूर्ण धातु, अग्नि, बल को बढाने वाला होता है। निःसार दूध का दही संग्राही, शीतल, वात जनक, लघु, विष्टम्भकारक, अग्नि दीपक, रूचि कारक, एवं ग्रहणी रोग को नष्ट करने वाला होता है।

गालित (वस्त्र से छाने हुए) दही अति स्निग्ध, वात नाशक, कफ कारक, गुरू, बल तथा पुष्टि को करने वाला, रूचिजनक, मधुर रसयुक्त तथा अत्यन्त पित्त कारक नहीं होता है अर्थात किंचित पित्त करने वाला होता है। शक्कर मिला हुआ दही श्रेष्ठ होता है एवं तृष्णा (प्यास), पित्त, रक्तविकार तथा दाह को नष्ट करने वाला होता है। गुड़ मिला हुआ दही वातनाशक, वीर्यवर्धक, बृंहण (रस रक्तादिवर्धक), तृप्ति कारक तथा गुरू होता है। रात्रि में दही कभी नहीं खाना चाहिए, यदि खाना ही पड़े तो घी, शक्कर, या मूंग की दाल व शहद किवां आंवला के बिना अथवा गर्म न खायें, इससे यही सिद्ध हुआ कि घी, शक्कर आदि से युक्त दही रात्रि में भी खायें। वैसे रात्रि में दही खाना किसी भी हाल में उचित नहीं है। उपरोक्त वस्तुओं के मेलजोल से युक्त दही खाने पर भी हितकर की बजायें अहितकर ही होता है। जबकि अकेले दही खाने जितना अहितकर नहीं होता। हेमन्त, शिशिर, वर्षा ऋतु में दही खाना उत्तम है। शरद्, ग्रीष्म तथा बसन्त ऋतु में दही खाना प्रायः करके निषिद है।

विधि को छोड़कर, विधि काल को छोड़कर दही खाता रहता है उसे ज्वर, रक्त पित्त, विसर्प, कुष्ठ, पाण्डु तथा भ्रमरोग एवं प्रचण्ड रूप से कामला रोग उत्पन्न हो जाता है। अतः विधिपूर्वक ही दही खाना चाहिए। दही की मलाई को लोक में मलाई, स्नेह, साढी, सर भी कहा जाता है जो सर स्वादिष्ट होता है वह गुरू, विर्यवर्धक, वात तथा जठराग्नि नाशक होता है। और यदि वह अम्ल रसयुक्त है, तो वस्ति के रोगों का प्रशमन करता है एवं पित्त तथा कफ को बढाता है। दही का पानी जिसे मांड, मस्तु (दही का तोड़) कहा जाता है। मस्तु कान्ति को दूर करने वाला, बलदायक, लघु, अन्न खाने की अभिलाषा को उत्पन्न करने वाला, स्रोतोमार्ग (नाड़ियो के मार्ग) को शुद्ध करने वाला, अह्लदजनक एवं कफ, तृषा तथा वायु को नष्ट करने वाला, किंचित वीर्यवर्धक तथा शीघ्र संचितमल का भेदन करने वाला होता है। इसलिए दही खाने से

पहले समय सारिणी व विधि बना लें और उसी के वशीभूत होकर उसी प्रकार के दही को खाना ही भलाई होगी।

छाछ के पाँच भेद होते हैं जिनके अलग–अलग लक्षणों के अनुसार संस्कृत में नाम भी अलग–अलग कहे गये है यथा; घोल, मथित, तक्र, उदल्वित, छच्छिका, ये सब हैं। बिना जल मिलाये यदि मलाई के समेत दही को मथा जाये तो उसे 'घोल' कहते हैं। यदि दही की मलाई अलग कर बिना जल मिलाये ही मथा जाये तो उसे 'मथित' कहते है। जिस दही में चतुर्थांश जल मिलाकर मथा जाये तो उसे 'तक्र' कहते हैं। जिस दही में आधा जल मिलाकर मथा जाये उसे 'उदश्वित' कहते हैं। जिस दही में से प्रथम मथकर मक्खन निकाल लिया हो पुनः उसी में अधिक मात्रा में स्वच्छ जल डालकर फिर मथा जाये तो उसे 'छच्छिका' कहते है। 'घोल' में यदि शक्कर मिला हुआ हो तो वह गुणों में रसाल (सिखरन) के समान होता है एवं वात तथा पित्तनाशक और आह्लादजनक होता है। 'मथित' यह कफ तथा पित्तनाशक होता है। 'तक्र' कषाय तथा मधुर रस युक्त, विपाक में मधुर रस युक्त, ग्राही, लघु, उष्णवीर्य, अग्निदीपक, वीर्यवर्धक, तृप्तिकारक तथा वातनाशक होता है। ग्रहणी आदि के रोगियों को तक्र हितकर होता है क्योंकि यह लघु होने से मल का संग्राहक होता है। विपाक में मधुर रसयुक्त होने से पित्त को प्रकुपित भी नहीं करता है एवं अम्ल रस युक्त, उष्णवीर्य, अग्निदीपक, वीर्यवर्धक तथा तृप्ति कारक होने से यह वातनाशक होता है और कषाय रस युक्त, उष्णवीर्य, विकाशी तथा रूक्ष होने से यह कफनाशक होता है। तक्र का सेवन करने वाला व्यक्ति कभी–भी बीमार नहीं पड़ता है, और तक्र के प्रभाव से नष्ट हुए रोग पुनः कभी उत्पन्न नहीं हो सकते, अस्तु जिस तरह से देवताओं के लिए सुखकारी अमृत है उसी प्रकार पृथ्वी पर मनुष्यों के लिये तक्र सुखकारी है। यह हमारे ऋषियों के अनुसंधान करने से सामने आया है। 'उदश्वित्' कफकारक, बलवर्धक तथा अत्यन्त आम नाशक होता है। 'छच्छिका' (छाछ) शीतल, लघु एवं पित्त,

श्रम तथा तृषा को दूर करने वाला, वातनाशक तथा कफकारक होती है और यदि इसमें सेंधा नमक मिला हो तो अग्निदीपक होता है।

घी निकाला हुआ तक्र पथ्य (रोगियों के लिये हितकर) तथा लघु होता है। यदि कुछ घी निकाल लिया गया हो और कुछ अंश घी का रह गया हो तो ऐसा तक्र उपर्युक्त तक्र (घी निकाले हुए तक्र) की अपेक्षा गुरू, वीर्यवर्धक तथा कफनाशक होता है और यदि घी न निकाला हुआ हो तथा गाढा हो तो ऐसा तक्र गुरू, एवं पुष्टिकारक तथा कफजनक होता है। वातदोष की अधिकता में अम्लरसयुक्त एवं सोठ तथा सिंधा नमक मिला हुआ तक्र उत्तम अर्थात हितकारी होता है। पित्त की अधिकता में मधुर रसयुक्त तथा चीनी मिश्रित तक्र उत्तम हितकारी होता है। कफ की अधिकता में सोठं, मिर्च तथा पीपट मिश्रित तक्र उत्तम हितकारी होता है। हींग, जीरा (ये दोनों भुने हुए हों) तथा सिंधा नमक से युक्त 'घोल' अत्यन्त वातनाशक, अर्श तथा अतिसार को अत्यन्त दूर करने वाला, रूचिजनक, पुष्टिकारक, बलदायक एवं वस्तिशूल नाशक होता है। गुड़युक्त 'घोल' मूत्रकच्छ में एवं चित्रक (चीता) मिश्रित 'घोल' पांडुरोग में देना हितकर है।

कच्चा (बिना पकाया हुआ) तक्र कोष्ठ स्थित कफ को नष्ट करता है। तथा कण्ठ में कफ करने वाला होता है अतः पकाये हुए तक्र का ही पीनस, श्वास तथा कास आदि में प्रयोग करना उचित है क्योंकि हितकर होता है। तक्र शीतकाल में तथा अग्निकी मन्दता, वातरोग, अरूचि तथा नाड़ियों के अवरोध में तक्र अमृत के समान गुणकारी होता है और यह गर (संयोगन विष), वमन, प्रसेक (कफजन्य–लार अदि गिरना), विषम ज्वर, पाण्डुरोग, मेदरोग, ग्रहणी अर्श (बवासीर), मूत्र ग्रह (मूत्र का बन्द होना), भगन्दर, प्रमेह, गुल्म, अतीसार, शूल, प्लीहा, उदर रोग, अरूचि, श्वेत कुष्ठ, कोष्ठगत रोग, कुष्ठ, शोथ, तृषा तथा कृमि रोग को नष्ट करने

वाला होता है। तक्र क्षय रोग में तथा ग्रीष्म ऋतु में एवं दुर्बल व्यक्ति तथा मूर्च्छा, भ्रम, दाह तथा रक्त पित्त रोग युक्त व्यक्ति को नहीं देना चाहिए अर्थात देना अहितकर होता है।

गाय का मक्खन हितकर, वीर्यवर्धक, वर्ण को उत्तम करने वाला बल तथा अग्नि को बढाने वाला, मल संग्राही एवं वात, पित्त, रक्त विकार, क्षय, अर्श, अदितंवात तथा कास को दूर करने वाला होता है। यह बालक और वृद्ध के लिये हितकर एवं विशेषकर शिशु (अत्यन्त छोटे बच्चों) के लिए अमृत के समान गुणकारी होता है। दूध से निकला हुआ मक्खन नेत्रों के लिए हितकर, रक्तपित्तनाशक, वीर्यवर्धक, बलकारक, अत्यन्त स्निग्ध, मधुर रसयुक्त, ग्राही तथा शीतल होता है। तत्काल का निकाला हुआ मक्खन स्वादिष्ट, ग्राही, शीतल, लघु, मेधा के लिए हितकर एवं किंचित तक्र का अंश मिला रहने से किंचित कषाय तथा अम्ल रस से युक्त भी होता है। पुराना मक्खन क्षार, कटु तथा अम्ल रस युक्त होने से वमन, अर्श तथा कुष्ठ को उत्पन्न करने वाला होता है एवं कफजनक, गुरू तथा मेद को बढाने वाला होता है।

घी के बारे में जान लें। यह स्वादिष्ट, नेत्रों के लिए हितकर, अग्निदीपक, शीतवीर्य, किंचित अभिष्यन्दौ, कान्ति, ओज, तेज, और लावण्य की वृद्धि करने वाला, स्वर को स्वच्छ करने वाला तथा स्मरण शक्ति को बढाने वाला, मेघा (धारणाशक्ति) के लिए हितकर, आयु को बढाने वाला, बलकारक, गुरू, स्निग्ध, कफकारक एवं विष, अलक्ष्मी (दरिद्रता), पाप, पित्त, वायु, उदावर्त्त, ज्वर, उन्माद, शूल, आनाह (अफारा), व्रण, रक्षोग्रह, क्षय, विसर्प, तथा रक्त विकार को दूर करने वाला होता है। गाय का घी विशेष करके नेत्रों के लिए हितकर, वीर्यवर्धक, अग्निवर्धक, विपाक में मधुर रसयुक्त, शीतल, वातपित्त तथा कफ को नष्ट करने वाला एवं मेघा शक्ति, लावण्य, कान्ति, ओज तथा तेज की अत्यन्त वृद्धि करने वाला, अलक्ष्मी, पाप, तथा रक्षोग्रह को दूर करने वाला, अवस्था को स्थिर

रखने वाला, गुरू, बलकारक, पवित्र, आयु को बढाने वाला, मंगलदायक, रसायन, सुगन्धयुक्त, रोचक एवं सम्पूर्ण घृतों में उत्तम तथा अधिक गुणकारी होता है।

दूध से निकला हुआ घी यानी क्रीम वाला घी के विषय में बताया जाता है कि यह ग्राही, शीतल, नेत्र रोग नाशक, एवं पित्त, दाह, रक्तविकार, मद, मूर्च्छा, भ्रम तथा वात को दूर करने वाला होता है। एक दिन पहले के दूध (बासी) से निकाले हुए घी को संस्कृत में 'हैंयगवीन' कहते है। यह नेत्रों के लिए हितकर, अग्निदीपक, अत्यन्त रूचिकारक, बलवर्धक, बृंहण (रस रक्तादिवर्धक), वीर्यवर्धक तथा विशेष कर के ज्वर नाशक होता है। एक वर्ष से ऊपर का रखा हुआ घी पुराना कहलाता है। यह त्रिदोषनाशक, एवं मूर्च्छा, कुष्ठ, विष, उन्माद, मिर्गी तथा तिमिर रोग को दूर करने वाला होता है ऊपरयुक्त सभी घी जैसे–जैसे पुराने होते जायेगें वैसे–वैसे अपने गुणों को अधिक करते जायेगें अर्थात उत्तरोत्तर अधिक गुणकारी होते जायेगें। नवीन (नये) घी के उपयोग करने के विषय में बताया जाता है कि यह भोजन, तर्पण, परिश्रम, बल का श्रय, पाण्डु, कामला तथा नेत्र रोग, इन सभी में नवीन घी का ही उपयोग करना चाहिए। बालक तथा वृद्ध लोगों के लिए, एवं राजयक्ष्मा, कफजन्य रोग, आमयुक्त रोग, विषूचिका (हैजा), मलबन्द, मदात्यय, ज्वर तथा अग्नि की मन्दता, इन सभी में घी देना (खिलाना) अत्यन्त प्रशस्त नही है।

गाय के मूत्र को गौमूत्र कहा जाता है यह कटू–तिक्त तथा कषाय रसयुक्त, तीक्ष्ण, उष्ण, क्षार, लघु, अग्नि दीपक, मेघा के लिए हितकर, पित्तकारक, कफ तथा वातनाशक एवं शूल, गुल्म, उदर रोग, आनाह (अफारा), खुजली, नेत्र तथा मुखसम्बन्धी रोग, किलास रोग (कुष्ठरोग), वात, आम, वस्तिसम्बन्धी रोग, कुष्ठ, काम, श्वास, शोथ, कामला तथा पाण्डुरोग को नष्ट करने वाला होता है। और केवल एक गौमूत्र पीने से, खुजली, गिलास रोग, शूल, मुख तथा

नेत्र सम्बन्धी रोग, गुल्म, अतिसार, वात रोग, मूत्ररोध, कास, कुष्ठ, उदररोग, क्रिमि तथा पाण्डुरोग ये सब दूर हो जाते हैं। सम्पूर्ण जानवरों के मूत्र को केवल मूत्र ही कहा जाता है जबकि गाय के मूत्र को ही गोमूत्र कहा जाता है। यह कषाय तथा तिक्तरस युक्त, तीक्ष्ण गुण युक्त, कान में डालने से कर्ण शूल नाशक एवं प्लीहा, उदररोग, श्वास, कास, शोथ, मतरोध, शूल, गुल्म, आनाह (अफारा), कामल तथा पाण्डुरोग को दूर करने वाला होता है। गाय, भैंस, बकरी इनमें स्त्री जाति का तथा गधा, ऊंट, हाथी, घोड़ा व मनुष्य इनमें पुरूष जाति का मूत्र हितकारक होता है। अर्थात जहां पर जरूरत पड़े तो वहां पर उक्त मूत्रों का ही उपयोग करना चाहिए। (भाव प्रकाश निघण्टु अनुसार)।

गाय के शरीर में विभिन्न देवी–देवताओं का वास बताया जाता है। गाय के कण्ठ में 'भगवान शिव' का वास बताया जाता है। कहा जाता है कि गाय को किसी शत्रु द्वारा थोड़ा–थोड़ा जहर खिलाया जाता है तो गाय उस जहर को अपने कण्ठ में ही रख लेती है। खिलाये गए जहर को उदर (पेट) तक नहीं पहुंचने देती है अपने आप को बचा लेती है। गाय की जब भी भविष्य में मृत्यु हो तब उसके कण्ठ का निरीक्षण करके इसकी पुष्टि की जा सकती है। गाय भी शिवजी की तरह हलाहल को ग्रहण करके सहन कर सकती है। ऐसा इसलिए ही होता है कि हमारे हिन्दू धर्म में सुबह के बने, वह भी प्रथम बार के भोजन यानी रोटियों में प्रथम रोटी गाय के लिए ही पकाई जाती है। दूसरी रोटी या अगली सभी रोटियां परिवार जनों के खाने के काम में ली जाती हैं। दुष्ट लोग इस रोटी के बहाने से गाय को कुछ भी खिलाकर मार डालते है या गाय को इस कदर बीमार कर डालते हैं कि गाय का दूध सूख जाता है जिससे गाय खराब हो जाती है। कुछ समझदार लोग इस तरह की हरकत से बचने के लिए या तो रोटी देने नहीं देते या देने भी देते हैं तो खुद रोटी की जांच करके ही। कुछ अपने गाय के बाडे (ग्बाड़े) को बन्द रखते हैं तथा रखवाली

करते हैं। इस प्रकार से खराब की हुई गायों को ही गौशालाओं में भेजा जाता है। 'हिन्दू धर्म, यो कर्म'। हिन्दू धर्म में इस प्रकार की हरकत करने वाले लोग ही विभिन्न धर्मो के साथ तनाव पैदा करवा देते है। ऐसा नहीं होना चाहिए। गाय रखने वाले अपने हानि–लाभ की ओर भी ध्यान देते है कि जो गाय 50 हजार रूपये की खरीदकर लाये और वह किसी भी हिन्दू ने किसी मोलवी–पडा–पूजारी–ओझा–स्याणा–सेवड़े की बातों में आकर गाय को कुछ भी अहित का तत्व खिलाकर खराब कर दिया तब उस स्थिति में गाय पालक को वह गाय गौशाला में भेजने के अलावा कोई चारा नहीं होगा। तब वह गौशाला में गाय को लेकर जाता है तो वाहन का किराया अलग रह गया गाय के साथ–साथ गौशाला में 1100 या 2100 रूपये अलग से दान के देने होते है। उसके तो मिट्टी में मिल गए 55 या साठ हजार रूपये। उसके लिए तो वह गाय मर गई। प्रत्येक गो पालक की इतनी हैसियत नहीं है कि अपने ग्वाड़े में सी.सी.टी.वी. कैमरों का इन्तजाम कर सके।

गाय पालने हेतु विशेष बातों का ध्यान रखना चाहिए। पशु, शिशु नर्सरी, युवा पशुओं का बाड़ा, दूधारू पशुओं का बाड़ा, प्रसुति बाड़ा, दूध दोहन कक्ष, रोगी पशुओं का बाड़ा, तूड़ी (तूड़ा–चारा) भण्डार, हरा चारा भण्डार, अलग–अलग होने चाहिए तथा खुले आंगन व पेड़–पौधा का होना भी जरूरी है अपने पशुघर में काम करने वाले लोगों के अलावा अन्य किसी को भी न घुसने दें। यदि गैर व्यक्ति या औरत पशुगृह में घुसेंगें तो वे किसी भी गाय को कुछ भी खिला सकते हैं। इसलिए अपनी गाय अथवा गायों को सुरक्षित रखना है तो पशुगृह की सुरक्षा करनी ही होगी। गाय या सांड की पूंछ से झाड़ा भी लगाया जाता है। शायद यह कई संक्रामक रोगों के कीटाणुओं का नाश करने हेतु किया जाता है।

निकट भविष्य में गोबर से विद्युत उत्पादन के लिए बड़े–बड़े कारखानों का निर्माण होगा और अधिकतर विद्युत आपूर्ति गाय के गोबर से युक्त कारखानों व सौर ऊर्जा से बनी विद्युत से होगी। तब तो गाय को अपनाना ही होगा। वह दिन दूर नहीं है, इसलिए आज ही क्यों न गाय को अपनायें। आगे चलकर गाय को अपनाने से भला हम आज ही गाय को अपना लें। गाय की भलाई, गाय के सरंक्षण हेतु न सही अपने स्वार्थों की पूर्ति हेतु गाय को अपना लें। आजकल गौ भक्त पूरे देश में कोई नहीं है। कुछ हैं तो उनके पास गायों की सुरक्षा व देखभाल के लिए धन नहीं है। 'जाड़ थी तब चने नहीं थे, चने हुए तो जाड़ नहीं रही।' जो देखभाल करना जानते है अथवा चाहते है उनके पास पूरे इन्तजाम नहीं है। जिनके पास पूरे इन्तजाम हैं उनके पास गौ संरक्षण का समय नही है या रूचि नहीं है। जब एक गाय का सरंक्षण ही नहीं है तो भला पर्यावरण का सरंक्षण कैसे संभव हो सकता है। आजकल गाय की जगह विदेशी कुत्ते ने ले ली है।

सांड वंश वृद्धि के काम आता है लोक कहावत के अनुसार एक ठिकाने पर दो भैंसे (नर भैंस–झोटा), दो औरतें आपस में बिना लड़े–झगड़े नहीं रह सकते हैं इसलिए कहा गया है कि एक स्थान पर दो या दो से अधिक साण्ड बिना झगड़े रह सकते हैं। गाय की अधिकतर नस्लों के बड़े–बड़े नुकीले सींग होते हैं। इसी प्रकार सांड के भी बड़े–बड़े नुकीले सींग होते हैं। कहा जाता है कि साण्ड और अफसर (अधिकारी) की अगाड़ी नहीं करनी चाहिए। साण्ड की अगाड़ी करेगें तो पता ना कब सींगों से वार करके, गम्भीर रूप से घायल कर दे। अफसर भी किसी छोटे–से अपराध को बड़ा बना दें। 'गाय एक, गुण अनेक', वाला कथन सत्य है। गाय का तो हर अंश ही महत्वपूर्ण एवं काम में आने वाला होता है। अतः दूध, दही, मक्खन, घी, छाछ, गोमूत्र, गोबर हेतु हर घर में गाय का होना समय की पुकार है। दूध, दही, घी, गोमूत्र, गोबर, इन पांचों के मिश्रण को पंचगव्य कहा जाता है। यह पंचगव्य बहुत

ही उपयोगी होता है और बहुत से रोगों में काम आता है। भारत की पहली गौशाला, महर्षि दयानन्द जी द्वारा रेवाड़ी में रेवाड़ी के राजा राव तुलाराम के पुत्र राव युधिष्ठिर के करकमलों द्वारा निर्माण करवाया गया था। स्वयं लेखक का मानना है कि समाज ने जिस दिन से गऊ माता को नकारा है उसी दिन से एडस् व कैंसर ने पाव पसारा है। गाय को हर हाल में अपनाना है अपना भविष्य भी तो बचाना है। गाय को मिली जब से दुत्कार, बीमारियों से हुए लाचार। छुट गए सब लाड–प्यार, करना होगा गाय को स्वीकार।

एक दोहा छन्द देखिए:–

गऊ माता को जब से, दीन्ही है दुत्कार।
नहीं अपनाया इसको, होगें हम लाचार।।

कितना महत्वपूर्ण है बरगद!

हर किसी का अपना श्रृंगार होता है। चाहे वह स्त्री–पुरूष हो या पशु–पक्षी अथवा जीव–जन्तु। हिन्दू शास्त्रानुसार स्त्री के सोलह श्रृगांर बताए गए हैं। इनमें स्त्री के कपड़े–जूते, टीकी–बीन्दी, लिपिस्टिक, आभूषण इत्यादि नहीं होते हैं। अपितु स्त्री के प्राकृतिक शरीर की बनावट में ही ये सोलह श्रृंगार देखें जा सकते हैं। जिस प्रकार स्त्री के शरीर के प्राकृतिक सोलह श्रृंगार होते है ठीक उसी तरह पुरूष, पशु–पक्षी, जीव–जन्तुओं आदि के भी अपने प्राकृतिक श्रृंगार होते है। इन प्राकृतिक 'श्रृंगारो' से ही स्त्री–पुरूष इत्यादि के तन की सुन्दरता अपने आप ही दुष्टिगोचर हो जाती है। जब इन सबके श्रृंगार माने जाते हैं तो समुद्र, नदी झील, सरोवर, नाले, झरणें, पर्वत, गांव, शहर, टिल्ले, मैदान इत्यादि के भी श्रृंगार देखे जाते हैं। इन सबके भी श्रृंगार हो सकते है तो भला हमारी धरती के श्रृंगार क्यों नहीं हो सकते। धरती के मुख्य श्रृंगारों में नदी, नाला, पर्वत, बर्फ, टिल्ले, जंगल, समुद्र, झील, झरना, मैदान, घास इत्यादि विशेष स्थान रखते हैं। जंगलों, मैदानों, पहाड़ों, नदियों, समुद्रतटों को सजाने में वृक्ष अहम् भूमिका निभाते हैं। वृक्षों को धरती का एक खास श्रृंगार माना जाता है। इसलिए इन्हें धरती की 'रूह' भी कहा जाता है।

वृक्ष धरती के अहम् श्रृंगारों में इसलिए गिने जाते हैं क्योंकि तब ही तो बादल भी धरती पर मोहित होकर वर्षा करते है और वायु शुद्ध रखते है। वृक्षों पर एक कहावत भी प्रचलित है कि कोई विदेश में रहता हो तो वह कहेगा कि मैं तो अपने वतन के रूख देखने को तरस गया हूँ। दूसरे गांव में हो तो अपने गांव के रूख देखने को तरसता है दूसरे राज्य में दो तो अपने राज्य के रूख देखने को तरसता है। महिलाएं अपनी ससुराल में रहते–रहते

पीहर के रूख देखने को तरस जाती हैं। कोई किसी को तंग करे या सजा देने से पहले एक ही कहावत कहतें है कि कभी ऐसा न हो जाए तू अपने गांव के रूख (वृक्ष) देखने को तरस जा। जब हमें इसका आभास है तो फिर भी धरती के इस महत्वपूर्ण श्रृंगार अथवा महत्वपूर्ण अंग पर तेजाब क्यों फेंक रहे है। अर्थात वृक्षों पर दिन–रैन कुल्हाड़ी क्यों चला रहें हैं। यह ठीक है हम अपने शरीर पर उगे हुए खराब बालों (खराब समझे जाने वाले) को काट डालते है अथवा संवारते रहते है। ठीक उसी तरह सूखे या रोगग्रस्त वृक्षों को छोड़कर अन्य विकसित या विकासशील वृक्षों को कतई नहीं काटना चाहिए। वृक्षों को हिन्दू–ग्रन्थों में देवता माना जाता है ऐसा क्यों? क्या हिन्दू धर्म ग्रन्थों को लिखने वाले भी मूर्ख थे यदि मूर्ख थे तो हम कौन–से समझदार माने जाते है? हमें समझ लेना चाहिए कि हमारे प्राचीन ऋषियों (वर्तमान में वैज्ञानिक नाम) ने जो–जो अनुसंधान किया था उस अनुसंधान तक तो आज के हमारे वैज्ञानिक पहुंचे भी नहीं है क्योंकि हमारे ऋषियों ने खैज करके 49 प्रकार की हवायें बतायी है। जबकि आज के वैज्ञानिकों द्वारा 49 प्रकार की गैसों की खौज ही नही की है। हमारे प्राचीन मुनियों (वर्तमान में अभियंता नाम) ने जो बनाया था वह आज के अभियंताओं से नहीं बन पाया है। प्राचीन ऋषियों–मुनियों द्वारा खौजें और बनाये गए हथियारों के जो नाम थे आज के वैज्ञानिक भी उन्हीं के नाम पर आज के हथियारो के नाम रख रहे हैं। इन बातों पर रूचि लेते ही नहीं हैं जबकि हमारी भलाई इसमें नीहित है कि हिन्दू धर्म ग्रन्थों के अनुसार चलना होगा। हिन्दू धर्म ग्रन्थों में वेद एवं शास्त्र विशिष्ट स्थान एवं महत्व रखते है। ये ग्रन्थ हिन्दू धर्म ही नहीं अपितु सकल जगत के कल्याण हेतु ही रचे गऐ थे। हिन्दू धर्म के अनुसार जहां प्रलय होती है अन्य धर्म ग्रन्थों के अनुसार भी कयामत इत्यादि नामो से जाना जाता है। सिर्फ धर्म के नाम ही अलग है तो उनके धर्म ग्रन्थों में भी भिन्न भाषा के अनुसार नाम अलग है।

कुछ लोगों का कथन है कि अंग्रेजी दवाओं को लेने के तुरन्त बाद आराम मिल जाता है। जबकि उन्हें इसका आभास नहीं है कि इन दवाओं से हमारे शरीर में साईडइफैक्ट भी तो होता है। चार वेदों में से एक वेद है यजुर्वेद। इसी वेद से ही आयुर्वेद का जन्म हुआ था। आयुर्वेद की दवाओं से देरी से आराम जरूर होता है। किन्तु उससे स्थायी ईलाज भी होता है। तथा इन दवाओं से कोई किसी प्रकार का साईडइफैक्ट नहीं होता है। साईडइफैक्ट तो दूर की बात ठहरी, इन दवाओं से स्थायी ईलाज के साथ–साथ शरीर को ताकत भी मिलती है। आयुर्वेद की दवाओं का निर्माण भी धरती के श्रृंगार अथवा रूह (वृक्ष/वनस्पति) से ही होता है। जब आयुर्वेद ने वृक्षों को अति पूज्यनीय (महत्वपूर्ण) माना है तो आज हम इन पर कुल्हाड़ी क्यों चला रहें हैं। धरा पर वृक्षों का भी अपना एक अलग जगत बसा हुआ है जिसमें एक ऐसा महत्वपूर्ण वृक्ष भी है जो पवित्र भी माना जाता है। जो भारत के हर क्षेत्र में पाया जाता है। इस वृक्ष को सम्राटों द्वारा विदेशों में भी अहिंसा की निशानी एवं शान्ति का प्रतीक बनाये जाने हेतु लगवाया था जिस पर कुछ पहेलियां बन पड़ी जो प्रबुद्ध पाठकों की सेवा में प्रस्तुत की जा रही हैः–

दो अक्षर का नाम बतलाया।
शान्ति का प्रतीक कहलाया।।
दिया राष्ट्रीय वृक्ष का दर्जा इसको।
सम्राट ने विदेशों में लगवाया जिसको।।

एक दूसरी और पहेली की बानगी देखिएः–

दो अक्षर में है मेरा नाम आता।
पत्ता पत्तल, डोनों के काम आता।
राष्ट्रीय वृक्ष हूँ बतलाता।
पक्षियों की शरण कहलाता।।

अगली पहेली दृष्टव्य हैः–

राष्ट्रीय वृक्ष यह है कहलाये।
पवित्र दाढी वाला बतलाये।।
दो अंक्षरो का नाम में संयोग।
पंचाग का औषध में उपयोग।।

अन्य नाम पर भी पहेली बन पड़ी है जरा देखियेः–

इसका महत्व बड़ा भारी। यह होता है जटाधारी।।
इसका चार अक्षर में है नाम बतलाए।
मध्यप्रदेश का राज्य वृक्ष कहलाए।।

इस वृक्ष को राष्ट्रीय वृक्ष का दर्जा प्राप्त हैं। इस वृक्ष पर लाखों पक्षियों का रैन–बसेरा हो जाता है और हजारों लोगों को छांव मिल जाती है। इसकी ऊंचाई 50 से 60 फुट तक हो जाती है। इस वृक्ष का प्रत्येक हिस्सा बड़ा ही गुणकारी होता है तो आप पढिये बरगद (बड़) नामक महत्वपूर्ण वृक्ष की जानकारी पूर्ण लेख में और अंग्रेजी दवाओं का त्याग करके योग व वनस्पति जगत की तरफ मुड़ जाइये।

इस वृक्ष को हिन्दी में वट, बरगद, बड़, बर, संस्कृत में बट, रक्तफल, न्यग्रोध, बहुपद, बंगाली में वटगाच, वटगाछ, पंजाबी में बोड़, मराठी में बड़, गुजराती में वड़, फारसी में दरख्त रेशा, दर–ख्तेरीश, बढबाई, एवर्गद, कर्नाटकी में बादल गोरीबारा, आदल गोरी बारा, तैलिंगी में मार्टिचेट्टू, तमिल में आता मारम, आल, मलयालम में पेराल, आला, अरबी में जातु दवाई, कविरूत अरजाट वथआब, लेटिन में फाकसंइडिकस, फाइक्स बंगालेन्सिस, अंग्रेजी में बनियन ट्री नाम से जानते हैं।

यह वृक्ष शीतल, भारी वर्ण को उत्तम करने वाला, कसेला, कफ, पित्त, और व्रण, विसर्प, दाह, योनि रोग दूर करने वाला होता

है। इस वृक्ष को घनी छायां देने वालें वृक्षों का राजा कहा जाये तो अतिश्योक्ति न होगी। इसके पत्ते आकार में बहुत बड़े व मोटे होते है। पत्तों की लम्बाई 15 से.मी. से 35 से.मी., चौड़ाई 8 से.मी. 20 से.मी. तक होती है। पत्तों का रंग गहरा हरा होता है पत्तों की मोटाई की वजह से ही इन से पत्तल, डोनें (दोनें) आदि बनाए जाते हैं।

इस वृक्ष की जटाओं, पत्तों एवं कोपंल का दूध अति महत्वपूर्ण है। और रोगों का नाश करता है। इसी वजह से इसके पत्तों से बने डोनें व पत्तलों का प्रचलन प्राचीन ऋषि–मुनियों एवं आदि पुरूषों के काल में रहा है। अब ये पत्तल व डोनें गरीबों की झोंपड़ी के रसोई घर की शोभा बन कर रह गऐं हैं। थोड़े से डोनों को जगह मिलती है तो वह रेलवे प्लेटफार्मो या बस अड्डों पर खाने की वस्तुओं को डालकर यात्रियों को देते समय। इसमें भी ये डोनें गरीब व्यक्तियों को ही खाने की चीजों को लेते वक्त मिलते हैं, अमीरों को नहीं।

बरगद का वृक्ष फीका, मधुर, शीतल, गुरू, ग्राही, वर्ण्यस्तंभक, और रूक्ष होता है। तथा कफ, पित्त, योनिदोष, ज्वर, दाह, तृषा, कै, मूर्च्छा, रक्तात्रि, व्रण, शोक और विसर्प का नाश करने वाला होता है। वटपत्री फीकी और उष्ण होगी है तथा योनिदोष और मूत्र रोग का नाश करती है। बरगद केवल मधुर, रूक्ष, पीने, स्तंभक, शीतल, लेखन और निबन्ध आधमानवायु को करने वाले होते है। तथा नपु, कफ और पित्त का नाश करते हैं। नाखून और दांत के विष पर बड़, खेजड़ी और कड़वे नीम की छाल पीसकर लेप करने से आराम मिलता है। प्रमेह पर बड़ की जड़ों का काढा बनाकर शहद के साथ पीने से रोगी को आराम मिलता है। बिच्छू, बेर्र, और चूहे के दंश पर बड़ का दूध लगाने से विष उतर जाता है। पेट के कृमि मर जाते हैं। बड़ की कोंपलों को पीसकर बेर के समान 21 गोलियां बनायें और तीन गोलियां रोज घी के साथ खाने से स्त्री

गर्भधारण कर सकती है। बड़ का दूध बताशों में डालकर खिलाने से धातु पुष्ट हो जाती है। बड़ की जड़ों का रस पिलाने से ज्वर का दाह उतर जाता है।

चावल की धानी का आटा पानी में घोलकर उसमें बड़ के पीले पत्ते डाले और छठवां भाग काढा करके पिलाने से पसीना आ जाता है (पसीना लाने हेतु काढा लिया जाता है) आंख की फूली पर बड़ के दूध में कपूर को पीसकर अंजन करने से आराम मिलता है। अतिसार पर बड़ की जड़ को चावल के धोये हुए पानी में पीसकर मट्ठे के साथ पीने से आराम मिलता है। रक्त पित्त पर बड़ की पिसी हुई जड़ में शक्कर और शहद मिलाकर देना चाहिए। मुख रोग पर बड़, उदुबर, पीपल (एक औषधि), जामुन और नन्दी वृक्ष की छाल का काढा बनाकर उससे कुल्ले करने चाहिए। खुजली और मूल व्याधि पर बड़ के पीले पत्तों की राख को तिल के तेल में मिलाकर मलना चाहिए। मल–मूत्र बन्द हो जाने पर बड़ के पके हुए परन्तु सूखे पत्तों का काढा बनाकर पिलाना चाहिए। रक्तजन्य स्नायु (नहारू) पर बड़ और इमली की छाल पीसकर लेप करना चाहिए। (भारतीय जड़ी–बूटियों तथा वृक्षों के चमत्कार वनौषधि शतक नामक ग्रन्थ के भाग तीन से लिए गए अंश)।

बरगद का पौधा 25 से 30 वर्ष की आयु में एक परिपूर्ण वृक्ष का रूप धारण कर लेता है और इसकी लम्बी उम्र तो हजारों वर्ष होती है। यह वृक्ष अहिंसा व शान्ति का प्रतीक भी माना गया है। शायद इसलिए तो सम्राट अशोक ने बौध धर्म को अपनाने के साथ–साथ विदेशों में बौद्ध धर्म का प्रचार–प्रसार करने के लिए बरगद के ही पौधो का विदेशों में रोपण करवाया था। इसका हमारे इतिहास ग्रन्थों में उल्लेख मिलता है। महात्मा बुद्ध ने भी बिहार के 'गया' नामक स्थान पर बड़ के पेड़ के नीचे बैठ कर घोर तपस्या

की थी। उस स्थान पर आज भी मन्दिर के पास बड़ का पेड़ मौजूद है।

इसके फल को देहात में बरबंटा, हिन्दी में बड़बट्टा, गोदा नामों से जाना जाता है। इसका फल लाल, फीका, मधुर तथा गोलाकार होता है। वृक्ष में फाल्गुन, आषाढ व कर्तिक में फल लगते है। इस फल से देहात में खटरस (फीका किन्तु स्वादिष्ट) पदार्थ तैयार किया जाता है। यह मधुमेह (शुगर) के रोगी के ईलाज में सबसे ज्यादा उपयोगी है। तथा मधुमेह को दूर करने वाले भी होते है। बरगद की मोटी टहनियों से जड़ों जैसे अंकुर फुटते हैं जो धरती तक टिकते चले जाते हैं और ये जड़ों की तरह ही धरती में अपना रोपण करके वृक्ष का पोषण करने लग जाते हैं। ये अंकुरित जड़ें भी एक दिन तने का रूपधारण कर लेती है। इन्हें देहात में दाढी, बड़वाल, हिन्दी में जटा के नाम से जाना जाता है। बरगद के वृक्ष में इतनी अधिक बड़वालें फुट कर तने का रूपधारण कर लेती है। जिनकी उपस्थिति में प्रारम्भिक तने को पहचानने में भी भूल हो जाती है। गुजरात राज्य के भरूच जनपद में भरूच से कोई 20 कि.मी. दूरी पर शुक्ल तीर्थ के पास नर्मदा नदी के तट पर 'कबीर वड़' नामक एक बरगद का विशाल पेड़ है उसमें करीब साढे तीन सौ जटाएं हैं जो तने का रूपधारण कर चुकी हैं। उनकी संख्या में बढोतरी होना भी स्वाभाविक है। उसकी जटाओं में छोटी–छोटी हजारों डालियां (टहनियां) निकल रही है। उसकी छायां में पचास हजार लोग बड़े ही आराम से बैठ सकते हैं।

'कबीर वड' को देखने का मुझे अवसर मिला। मैं जुलाई 2017 में 24 तारीख को अपने हरियाणा से रेवाड़ी जं. से गरीब रथ ट्रेन में सवार हुआ। दक्षिणी राजस्थान व उत्तरी गुजरात में वर्षा अधिक होने की वजह से बाढ आई हुई थी जिससे रेल पटरियां ऊखड़ गई। इसलिए गरीब रथ का रास्ता बदल दिया गया तब म.

प्र. के रतलाम होते हुए 25 जुलाई को सांय पांच बजे मैं भरूच पहुंचा, जहां पर मेरे चचेरे भाई श्री जसवन्त सिंह जी.एम.डी.सी. की कोयला खान में बतौर बालीबाल खिलाड़ी कार्यरत थे उनके पास उनके रिहायशी मकान पर पहुंचा। 26 जुलाई को बरसात में भीगते हुए शुक्ल तीर्थ पहुंचे। भाई और मेरे अलावा, पंजाब निवासी सरदार जी पप्पू, जिनका राजपारड़ी में सरदार ट्रेक्टर वर्कशॉप है। हम तीनों शुक्ल तीर्थ पहुंचे। शुक्ल तीर्थ पहुंचकर मैंने देखा कि नर्मदा नदी दो हिस्सों (पाटो) में बंटी हुई है। नर्मदा के दोनों पाटों के बीच में ही 'कबीरवड' है जहां पहुंचने के लिए नाव का इस्तेमाल अति जरूरी हो गया, इसलिए हमने नाव से यात्रा की और पहुंच गए कबीर वड के पास। कबीर वड के घेराव के मध्य में ही सन्त कबीर जी के भव्य मन्दिर के दर्शन किए। बताया गया कबीर जी ने इस बड का रोपण किया था जो आज एक विशाल वृक्ष के रूप में फैल गया। इस पेड़ को नर्मदा नदी के उत्तरी तट जहां शुक्ल तीर्थ है उससे देखे तो एक जंगल के समान लगता है। नर्मदा नदी के दक्षिणी तट पर मणिनागेश्वर नामक धार्मिक स्थल से देखें तो भी एक जंगल जैसा ही दिखाई देता है। मैंने कुछ तस्वीरें अपने डिजिटल कैमरे से ली तस्वीरें पुसतक में देना संभावित नही है और भाई व सरदार जी के साथ भाई के मकान पर लौट आए। अगले रोज भाई साहब, सरदार जी, तथा मैं मणि नागेश्वर दर्शन के लिए गए। संयोग से उस दिन नागपंचमी का शुभ दिन था। नागदेव की पूजा की तैयारियां चल रही थी तथा हम भी पूजा व आरती में शामिल हो गए, यह हमारा सौभाग्य था। हमने प्रसाद भी लिया। नागदेव पूजन के बाद हम भाई के मकान पर आ गए। दोपहर बाद हम हिडिम्बा वन देखने गए, जहां पहाड़ में गुफाए तथा वन देखा। इसी वन में हिडिम्बा रहती थी जिसका पांडव पुत्र भीम के साथ विवाह हुआ था। हम वापिस भाई के मकान पर लौट आए। अगले रोज मैंने कोयलें की खान देखी और सांयकाल के वक्त अपने राज्य हरियाणा के लिए रवानगी कर दी।

बरगद वृक्ष की जटायें जो आरम्भिक तौर पर फुटी (अंकुरित) हुई हो वह अनेक रोगों का नाश करने वाली होती हैं। प्रदर रोग नाशक, बच्चा पैदा कराने में ये सहायक होती हैं (बांझपन खत्म होता है)। उसके कच्चे पत्तों का पीप (कोंपल की थैली) को तेल से चौपड़ कर बाँधने से अर्रडिठ रोग (कैंसर जैसा कोई रोग) से मुक्ति मिल जाती है। हमारे वैद्य, वैज्ञानिक (अनुसंधान कर्ता) यदि बरगद की कोंपलों की थैली का प्रयोग यदि कैंसर रोग पर करके देखें तो शायद उन्हें कैंसर नाशक औषधि प्राप्त हो जाये। पैरो में फटी बिवाई में इसका कच्चा दूध भरने से आराम मिलता है। बड़ के दूध का लोग मरहम की तरह इस्तेमाल करते थे तथा करते हैं। वर्तमान में गरीब आदमी ही इसके दूध का मरहम (मलहम) की तरह उपयोग करते देखें जा सकतें हैं।

बरगद की लकड़ी से फनीर्चर आदि का सामान तैयार नही हो पाता है, कहने का तात्पर्य यह है कि इसकी लकड़ी से औषधि या समीधा की छोड़कर अन्य उपयोग नहीं हो पाते हैं। इस वृक्ष का बीज इसके फल के अन्दर बहुत संख्या में सूक्ष्माकार होते हैं और इसके बीज के विषय में कहा जाता है कि बीजाई करने पर अंकुरित नहीं होता है और इसको अंकुरित कराने का माध्यम पक्षी के द्वारा खाने के बाद पक्षी बिष्ठा (बीट) का जमीन में रोपण होने से ही यह अंकुरित होता है।

एक ऐसा क्षेत्र अथवा गांव भी देखने में आया है कि वहां यह वृक्ष लाख कोशिशों के बावजूद भी नहीं पनपता है। हरियाणा के महेन्द्रगढ जनपद का गांव सीहमा जो आज हरियाणा का पंचायत विकास खण्ड भी है उसमें बाबा खेतानाथ का जन्म वह भी खेत में हुआ था। इस गांव में भरसक प्रयासों के बावजूद भी यह वृक्ष (बड़–बरगद) नहीं पनप रहा है। इस गांव में नीम, शमी, फिराम, शीशम, शहतूत, पीपल इत्यादि वृक्ष तो खूब पनप रहे हैं किन्तु बरगद (बड़) का वृक्ष नहीं पनप रहा है। इस विषय में वृक्ष

विशेषज्ञों को जांच करके कारण जानना जरूरी है क्योंकि खौज–बीन से ही मालूम होगा कि किस तत्व की कमी या किस तत्व की अधिकता की वजह से यह वृक्ष इस गांव की सीमा के भीतर नहीं पनपता है ताकि उस तत्व की कमी को दूर किया जा सके अथवा अधिक मात्रा में तत्व का संतुलन बना कर इस गांव में इस वृक्ष को पनपाया जा सके।

इस वृक्ष को हिन्दू (सनातन) धर्म ग्रन्थों के अनुसार पूजा भी जाता है। ज्येष्ठ मास की अमावस्या को वट अमावस्या के नाम से जाना जाता है। इस दिन सुहागिन महिलाएं वट सावित्री का पूजन करके अपने पति के अच्छे स्वास्थ्य के लिए कामना करती है। इस वृक्ष को धार्मिक स्थलों पर अधिक रोपा जाता है फिर भी यह जोहड़ों (सरोवरों), नदी–तट, प्याऊ, धर्मशालाओं के आस–पास अधिक संख्या में रोपे ज़ाने का प्रचलन है। यह नगरों व गांवों की बणियो मे भी पाया जाता है। इस वृक्ष का रोपण किसान खेतों में महज इसलिए नहीं करते हैं क्योंकि उन्हें डर रहता है कि इस वृक्ष की शरण में रहने वाले हजारों पशु–पक्षियों द्वारा उनकी फसलों को चौपट न कर दें पशु–पक्षी। किसानों की यह जान लेना आवश्यक है कि यह वृक्ष पर्यावरण का प्रतीक है और इस पर शरणागत हजारों पक्षियों को बिष्ठा (बीट) से एक अच्छी किस्म खाद भी तो मिल जाती है और पर्यावरण संरक्षण करना भी उनका एक नैतिक कार्य है। अगर पर्यावरण सुरक्षित है तो उनकी फसल भी सुरक्षित होगी।

आजकल इस वृक्ष का नया रोपण बहुत धीमी गति से होना अशुभ संकेत हैं। इसके पौधों का अधिकाधिक रोपण करना समाज व सरकार दोनों का एक नैतिक व महत्वपूर्ण कार्य है। इसका ज्यादा से ज्यादा रोपण करके औषधियों की प्राप्ति हो सकती है भले ही खेतो में न रोपण करके, जंगलों, बणियों, सरोवरों, विद्यालयों के प्रांगणों में ही सही। जब हमारा जीवन स्वस्थ होकर

सुखमय हो जाएगा। इस वृक्ष पर एक कुण्डली विधा में भी रचि हुई जो प्रबुद्ध पाठकों के समक्ष प्रस्तुत हैः–

दर्जा देशी पेड़ का, बड़, बरगद, वट नाम।
दाढी भी पेडी बने, ऐसा होता काम।।
ऐसा होता काम, कबीर वड नाम पाया।
नदी नर्मदा तीर, फैल कर जंगल बनाया।
कह 'कौशल' कविराय, होने में नहीं हर्जा।
औषधी खूब देत, भारत का होत दर्जा।।

विश्व के प्रथम वैज्ञानिक (पर्यावरण व प्रकृति के नियमों की खौज करने वाले) ऋषि उद्दालक को माना जाता है। ऋषि का बचपन का नाम आरूणि था और उद्दालक की उपाधि से वशीभूत हुए थे उद्दालक के जीवन–चरित्र पर 'छन्दोग्य' नामक उपनिषद भी है तथा उद्दालक ऋषि का सम्बन्ध भी 'बड़' वृक्ष से बताया जाता है।

सूखे क्षेत्र का चन्दन 'शमी वृक्ष'

धरातल को वृक्ष रूपी श्रृगांर ने संवारा ही नहीं अपितु बहुत–से गुणों से सम्पन्न भी बनाया है। इतना ही नहीं वृक्षों ने धरती के प्राणियों को छायां, फल, फूल, लकड़ी (ईंधन, इमारत, फर्नीचर), पत्तें, औषधी देकर रक्षा भी की है। पशु–पक्षियों की शरण स्थली के रूप में भी सुरक्षा प्रदान की है फिर भी वृक्षों पर दिन–रात कुल्हाड़ी चलाना कौन–सी भली बात है। वृक्षों के साथ आज के इस युग में वही व्यवहार होने लग रहा है जो जन्म व पालन–पोषण के दाता माता–पिता के साथ हो रहा है। कहने का तात्पर्य यह है कि पहले बेटे–बहू माता–पिता (सास–ससुर) के साथ रहते थे और अब माता–पिता (सास–ससुर), बेटे–बहू के साथ रहने को मजबूर हैं ठीक उसी तरह पहले लोग वृक्षों की शरण में रहते थे और अब वृक्ष लोगों की शरण में आ गये हैं। अपने बचाव की दुहाई देते महसूस हो रहा है। इस हालात में लोग चाहे वृक्षों को छोड़े या काटे, यह सब लोगों के व्यवहार व विचारों पर निर्भर करता है। वृक्षों की भूमिका को आज के इस हरित क्रान्ति (कहने भर के लिए), औद्योगिक, भौतिकवाद युग के ग्रहण ने एकदम से नकार दिया है। यह बड़ा ही विस्फोटक मामला है। वृक्ष कटान के इस विस्फोटक मामले पर ध्यान देकर, वृक्षों की रक्षा ही नहीं करनी होगी अपितु इनके महत्व को जानकर–समझकर अपनाना भी होगा और बढावा भी देना होगा। कुछ ही लोग, कुछ ही संस्था वृक्षों की सुरक्षा हेतु लड़ रहे हैं अल्पसंख्या में वृक्ष सरंक्षण हेतु लड़ने वाले लोगों को शासन–प्रशासन सहित समाज के लोग 'पागल' की उपाधि देते नजर आ जाऐगें जैसे एक लेखक को, एक सैनिक को 'पागल' की उपाधि दी जाती है।

चलो अब प्रकाश डालने के प्रयास किये जाते हैं सूखे क्षेत्र के चन्दन माने जाने वाले वृक्ष पर, वैसे इस वृक्ष को अधिक महत्व हरियाणा के अहीरवाल व राजस्थान में दिया जाता है। अहीरवाल में तो इसे अहीरवाल का चन्दन भी कहा जाता है। इस चन्दन रूपी वृक्ष पर अनेक पहेलियां रची गई जो आप बुद्धीमान पाठकों के समक्ष प्रस्तुत हैं जो यह वृक्ष अनेक नामों से जाना जाता हैः–

तीन अक्षर का राज्य वृक्ष कहलावे। हरे फल का साग सूखा खाया जावे।

प्रथम कटे तो औषधी कहलाता। मध्य कटता तो गांव बतलाता।।

अगली पहेली भी तो देखियेः–

अहीरवाल का चन्दन कहलाता। तीन अक्षर का है नाम बतलाता।।
पांडवों से इसका जुडता नाता। विश्नोईयों का इतिहास बताता।।

इस पहेली को भी देखेः–

गरीबों का बने यह सहारा। पत्तों से मिलता है पशु चारा।।
राजस्थान का राज्य वृक्ष कहलाए। लकड़ी हवन में खूब ही काम आए।।

अहीरवाल के इस चन्दन पर एक कुण्डलियां छंद भी रचा गया जो आपके सामने प्रस्तुत की जाती हैः–

जांटी का पेड़ होता, आध मरूस्थल माय।
पत्तों से चारा मिलता, भेड़–बकरियां खाय।।
भेड़–बकरियां खाय, सांगरी का साग बने।
फली सुखाई जाय, साल भर बने मन ठने।
वह 'कौशल' कविराय, रस से उपजाऊ मांटी।
पका फल बने झीझं, ऐसा होय तरू जांटी।।

अहीरवाल के इस चन्दन को संस्कृत में शमी, शमीर, लक्ष्मी, समी, समीर, शिवा, शक्तुफला, तुंगा, केशहन्त्री, शिवाफला, मंगल्या, अग्निगर्भा, हिन्दी में छोंकर, छेंकर, शमी, छोंकरा, छिकुर, समी, सफेद कीकर, खेजड़ा, जांट, जंड, बंगाली या बंगला में शांई, शाइ, बाबला, शमी, मराठी या मरहटी में शमी, संबदड, शंबरी, गुजराती में/सौराष्ट्री में खीजड़ो, खमड़ी, समड़ी, तमिल में कलिसम्, वण्गि, शमी चेट्टु, नबी चेटह, तेलगू में जम्मि, कच्छी में कंडो, समरी, काठियावाडी में खीजड़ी, पंजाबी में जंड, जंडी, कर्नाटकी में बन्नी, अहीरवाटी में जांट, जांटी, सिंधी में कडी, जटवाटी में जांड, जांडी, मारवाड़ी में खेजड़ो, जांट, जांटी, अंग्रेजी में स्पंज ट्री, लेटिन में प्रोसोपिस स्पि–सिजेरा, प्रोसो विरात्याह सिजेरा, प्रासोपिस स्पेसिजेरा, नामों से जाना जाता है। छोटी शमी को संस्कृत में लघु शमी, गुजराती में खीजड़ी, मराठी में खैरी, लघु शमी, कर्नाटकी में काडबन्नि, अहीरवाटी में जांटी, जटवाटी में जांडी कहते हैं। इसका कुल, वंश, घराना, कुनबा, लेग्यूमिनोसी है।

यह वृक्ष छोटे पौधे के रूप में रहता है तब एक कंटीली झाड़ी की तरह होता है। तथा धीरे–धीरे देखते ही देखते मध्यमवर्गीय वृक्ष का रूप धारण कर लेता है। इस मध्यमवर्गीय वृक्ष पर अप्रैल (चैत्र) मास में पुष्प लगते हैं जिन्हें अहीरवाल में 'बगर' कहा जाता है। पुष्प के बाद मई (बैशाख) मास आते–आते हरे रंग की 'फलियां' लगती हैं जिन्हें अहीरवाल में सांगर, मारवाड़ी में सांगरी कहते हैं। इस हरे फल सांगर (सांगरी) का पंजाब, हरियाणा, राजस्थान में साग (सब्जी) बनाया (बनाई) जाता (जाती) है जिन्हें लोग बड़े चाव से खातें हैं। इन हरी फलियों को वृक्ष से कच्ची को तोड़कर चीर (काट) कर सुखा लिया जाता है। इन कटी व सुखाई हुई हरी फलियों से लोग सालभर साग बनाकर खाते रहते हैं। बागड़ व मारवाड़ के लोग देश के किसी भी कोने में नौकरी या व्यवसाय कर रहे हों या जो अब वर्तमान में जहां भी निवास कर रहें हो, वहां पर किसी भी समारोह चाहे वह समारोह विवाह का

ही क्यों न हो, उसमें सुखाए हुए सांगर (सांगरी) की भरी हुई बोरियां मंगवाकर सांगर (सांगरी) की अति स्वादिष्ट सब्जी बनवाकर बड़े मजे से खाते देखे जा सकते हैं। सांगर से तीन तरह की शाक–सब्जी बनाई जाती है। सांगर से खाटे का साग, छोंक वाली सब्जी (तरकारी), रायता बनाया जाता है। इसकी सब्जी–तरकारी इत्यादि खाने वाले के तन से आलस्य एकदम गायब रहता है। सांगर यदि ना हो तो पंजाब, हरियाणा, राजस्थान के ग्रामीण अंचल के लोग जिस गरीबी के दौर में मंहगाई की मार झेल रहें हैं फिर तो और भी गर्त में धंस जाएगें।

सांगर की तीन किस्म बताई जाती है। पहली किस्म वाला सांगर मोटाई लिए हुए नौ इंच लम्बी फली वाला होता है। इसमें बीज कम, गुद्दा ज्यादा होता है। यह खाने में बहुत ही ज्यादा स्वादिष्ट होता है। दूसरी किस्म वाला सांगर पतली एवं नौ इंच लम्बी फली वाला होता है। इसमें बीज ज्यादा, गुद्दा कम होता है। यह पहली किस्म की अपेक्षा कुछ कम स्वादिष्ट होता है। तीसरी किस्म वाला सांगर जलेबी की तरह मुड़ा हुआ, लम्बाई में छोटी फली वाला होता है। इसमें बीज ज्यादा, गुद्दा कुछ कम होता है। यह पहली व दूसरी किस्म से भी कम स्वादिष्ट होता है।

एक चार फुट तने की गोलाई वाले वृक्ष पर कम से कम तीन मन (एक क्विंटल बीस कि.ग्रा.) सांगर लगता है। सांगर मधुमेह के रोगियों के लिए एक विशेष औषधि के रूप में काम आता है वहीं पशुओं में खासकर भैंस के घाट पर दबाव बनने पर ग्रामीण अंचल के लोग इसका उबला हुआ पानी पिलाकर इस रोग से छुटकारा दिलाते हैं। देश भर में खासतौर से राष्ट्रीय राजमार्गो पर बने होटलों (भोजनालयों/ढाबों) पर सांगर (सांगरी) का साग मारवाड़ी चालकों (ड्राईवरों), परिचालकों (कन्डेक्टरों) हेतु मारवाड़ी नाम के भोजनालयों पर उपलब्ध होता है।

सांगर जब वृक्ष पर लगे–लगे ही पक कर सूख जाता है तो उसे अहीरवाल में 'झींझ' कहा जाता है। यह झीझं भी खाने में स्वादिष्ट होती है। पेड़ के नीचे गिरी हुई झींझ को उठाकर मैं बच्चा था खूब खाया करता था। यह झींझ भी सांगर की तरह ही तीन किस्म वाली होती है। यह झींझ रूपी फल ज्यादातर किसानों, ग्वालों, गडरियों के लिए समय पड़ने पर भोजन का काम भी करती है। यह फली (सांगर) मुख्यतया लटकी हुई, बीच में संकुचित एवं पांच से दस इंच लम्बी होती है जिनमें दस से पन्दरह बीज, मधुर फल मज्जा के भीतर रहते हैं।

इसके फल तीखे, पित्तकारी, गुरू, स्वादिष्ट, रूक्ष, उष्ण, केशनाशक, छोटी समी का फल सांगर गुरू, स्वादिष्ट, रूक्ष, पित्तकर, उष्ण होता है। इसकी फली केश को हानि पहुंचाती है। बालों को हटाने हेतु इसकी राख को मला जाता है। गर्भपात की समस्या से जुझने वाली गर्भिणी को इसके फूलों को कूट–कूट कर मिसरी मिलाकर खिलाया जाता है। छोकंर (शमी) वृक्ष के पत्ते द्विपक्षवत, उपपक्ष प्राय दो जोड़े, विपरीत से 2 इंच होते हैं। इनके आठ से बारह जोड़े होते हैं। ये आवृन्त, तिर्यगायतागार, चिकने चमड़े जैसे, कड़े, अग्रमाग कड़ा, तीक्ष्ण होते हैं। एक चार फुट तने की गोलाई वाले वृक्ष से कम से कम तीन से चार मन पत्तियां हरे चारे के रूप में प्राप्त होती है। इन पत्तियों को दुधारू पशुओं को खिलाने पर दूध तो बढता ही है साथ में दूध में फैट (घी) की मात्रा बहुत बढ जाती है। एक वृक्ष से एक पशु को हरे चारे के लिए दस से पन्दरह दिनों का चारा मिल जाता है। यहां यह बता देना जरूरी है कि कोई भी फल वाला वृक्ष हो उस वृक्ष की पत्तियों (पत्तों) के कुल वजन के बराबर फल लग जाते हैं फल सम्पूर्ण पकते है या नहीं यह जरूरी नहीं है।

शमी वृक्ष की छाल संग्राहक व जांट वृक्ष फीका, रूक्ष, शीतल, रसयुक्त, कषाय, लघु, तीखा, तिक्त, रोचक, कटु (कडुवा) होता है।

और कफ (खांसी), अर्श, कुष्ठ, श्वास, भ्ररोग, कृमि नाशक है। छोटी शमी वृक्ष फीकी, लघु, शीतल, रूक्ष होती है। जांड वृक्ष कुष्ठ, रक्त पित्त, अतिसार, श्वास, कफ, भ्रम, ऊर्ध्वरस, कम्प, श्रम, कृमि का नाश करता है। जांड़ी का वृक्ष रक्तपित्त, अर्श, श्वास, कुष्ठ, अतिसार, श्वेत कुष्ठ, कफ का नाश करती है। शमीर वृक्ष से प्राप्त छाल, फल, फूल, पत्ती,लकड़ी आदि से खाज पर, नखों के विष पर, धातुस्थान की गर्मी पर, मूत्र कच्छ पर, मूत्र के साथ धातु गिरने पर, गर्मी पर, सर्पदंश पर, फोडे पकाने के लिए, औषधि के रूप में इस्तेमाल किया जाता है।

इस वृक्ष की जड़ें भूमि की गहराईयों तक पहुंची हुई होती हैं इसी वजह से यह मरूभूमि में भी धरती की गहराई से खुराक जुटा कर हरा–भरा रहता है। इसकी छांव बड़ी उत्तम होती है। इसकी छांव तले फसलों को कोई भी नुकसान नहीं होता अपितु फायदा ही होता है। इस वृक्ष की पत्तियों व टहनियों से एक रस टपकता रहता है जो एक अति उत्तम खाद का काम करता है। अत्यन्त उपयोगी खाद के बलबूते पर ही तो शमी वृक्ष की छांव तले प्रत्येक प्रकार की फसल की पैदावार अधिक व गुणवता वाली होती है।

इसके हरे पत्ते तो पशुओं के हरे चारे के लिए इस्तेमाल होते ही हैं वहीं सुखाए हुए पत्तें भी सूखे चारे के काम में आते हैं। नमी की वजह से गल–सड़ जाने पर भी पत्ते खाद के काम में आ जाते हैं। इस वृक्ष पर कांटे भी बहुत होते है। इसके कांटे जहर मुक्त होते है। इसके कांटे जहर मुक्त ही नहीं अपितु जहर रोधी होते हैं। शायद इसी वजह से छाले, पके हुए फोड़े–फुन्सी, गुम चोट से गन्दे खून–मवाद को निकालने हेतु इसके कांटे का सुई की नोक वाला काम लिया जाता है। इस प्रक्रिया से शरीर को कोई किसी प्रकार का दुष्प्रभाव नहीं होता। विवाह वेदी, हवन–यज्ञ आदि में इसकी कंटीली सूखी लकड़ियों को जलाने की परम्परा है। कुल

मिलाकर इसकी लकड़ियों का समीधा में विशेष स्थान है। इस वृक्ष को घर के आंगन में रोपने की भी परम्परा है। शायद इसका आंगन में होना शुभ समझा जाता है। जो वर मांगलिक होता है (जन्मकुण्डली अनुसार) उसका विवाह किसी कन्या से करने से पहले जांटी के वृक्ष के साथ किये जाने की भी परम्परा है जिससे वह वर मांगलिक नहीं रहता है फिर कन्या के साथ उसका विवाह शुभ हो जाता है।

यह वृक्ष पांडवों से भी जुड़ा हुआ है। अज्ञातवास से पूर्व पांडवों ने अपने सभी अस्त्र–शस्त्र इसी शमी वृक्ष पर छिपाये थे। इस वृक्ष को राजस्थान राज्य में राजकीय वृक्ष का दर्जा प्राप्त है। प्रतिवर्ष सर्दी आरम्भ होते ही देहाती लोग पत्तों से युक्त हरी व छोटी–छोटी टहनियों को कुल्हाड़ी से काटकर टहनियों से पत्तों से अलगा लेते (अलग कर लेते) हैं ये पत्ते पशु चारे के काम में इस्तेमाल हो जाते हैं और टहनियां सूखने के बाद ईंधन के काम में साल भर काम आती है। हरी टहनियां काट लेने के बाद अगले वर्ष तक वृक्ष पर दोबारा से कोंपल फूट कर टहनियां विकसीत हो जाती है। हर तीसरे वर्ष वृक्ष से टहनियों को काटने से चार फायदे होते हैं। पहला फायदा–हरे व सूखे चारे हेतु पत्तियां प्राप्त हो जाती है। दूसरा फायदा–ईंधन भी प्राप्त हो जाता है। तीसरा फायदा–वृक्ष पर हरी टहनियों का भार हद से ज्यादा नहीं होगा जिससे वृक्ष तेज हवा–आंधी तूफान को सहन करके सही–सलामत बना रहेगा। चौथा फायदा–टहनियों की कटाई से वृक्ष के तने में मजबूती आएगी। तने की मोटाई बढती है तथा तने में ताकत भी बढती है। इस वृक्ष को ही नहीं अपितु प्रत्येक वृक्ष की 15 अक्टुबर से 15 नवम्बर तक प्रत्येक तीसरे वर्ष हरी छोटी–छोटी टहनियों को काटने से वृक्षों को फायदा पहुंचता है। मेरा यह अनुभव है। इस कार्य को करना अनिवार्य समझा जाए।

इस वृक्ष की ऊंचाई 20 से 40 फुट तक होती है। यह 8 से 10 वर्ष तक की आयु का होते ही फल देने लग जाता है। इसकी लकड़ी से किवाड, ऊंट–रेहड़ी, खच्चर–रेहड़ी, झोटा–बुग्गी (भैंसा–बुग्गी) इत्यादि, का फर्स, फर्नीचर का सामान भी बनाया जाता है जो जड़ की लकड़ी से मूसल, ऊंखल, रई (मथानी), मोगरा, मोगरी, आदि सामान बनाये जाते है। इस वृक्ष का अंकुर लकड़ी से नहीं अपितु बीज से ही होता है फिर भी एक हैरत अंग्रेज बात यह है कि हरियाणा के जनपद महेन्द्रगढ के बाबा केसरिया धाम के प्रांगण में स्थित शमी वृक्ष का रोपण बीज से नहीं बल्कि टहनी से ही अंकुरित हुआ सुनने में आया है। इस वृक्ष की छाल फटी हुई और अत्यन्त खुरदरी होती है जिससे इस पर नंगे पैर चढना मुश्किल होता है फिर भी ग्रामीण अंचल के लोग अपने स्वार्थ को पूरा करने हेतु नंगे पैर ही चढना अपना कार्य पूरा करते है।

राजस्थान राज्य का राजकीय वृक्ष का दर्जा हासिल करने वाला यह वृक्ष 'खेजड़ी' नाम से राजस्थान में जाना जाता है। यह वृक्ष हिन्दुओं (सनातनियों) के धार्मिक रीति–रिवाजों का अभिन्न अंग भी बना हुआ है। इस वृक्ष का श्री कृष्ण जन्माष्ठमी एवं दशहरें के त्यौहारों पर विशेष पूजन भी किया जाता है। इस वृक्ष को यहां तक भी पवित्र माना गया है कि जहां (जिस भूमि में) शमी, कदम्ब, पीपल ये तीनों वृक्ष मिल जाते हों वह ऋषि–भूमि मानी जाती है। शायद इसी वजह से हरियाणा की भूमि ऋषियों की भूमि रही हो। बरसात लाने में भी यह वृक्ष अपनी महत्ती भूमिका निभाता है।

विश्नोई वंश की नींव डालने वाले गुरू जम्मेश्वर एक वृक्ष प्रेमी व्यक्तित्व के धनी थे उन्होंने उन्नतीस नियमों की आचार संहिता का उपदेश दिया और अपने आचार दर्शन को पर्यावरण संरक्षण का प्रतीक बनाया था। यज्ञ परम्परा को दो रूपों में मान्यता देते थे जिनमें एक तो आध्यात्मिक तथा दूसरा पर्यावरण

शुद्ध करने का रूप। खेजड़ी वृक्ष की कांटेदार टहनियों से प्राप्त सूखी हुई लकड़ी के बिना कोई भी यज्ञ पूरा (सम्पन्न) नहीं होता है। शमी वृक्षों को बढावा देने अथवा शमी वृक्षों का यत्र–तत्र रोपण करने का श्रेय भी जम्मेश्वर को ही जाता है। क्योंकि उन्होंने अपने जीवन काल में उत्तर प्रदेश स्थित लोदीपुर धाम में एक शमी वृक्ष का रोपण किया था वही राजस्थान के नागोर जनपद के जायल तालुक के अंतर्गत रोटू गांव में तो शमी वृक्ष का पूरा बगीचा ही रोपित करके दिखाया था। उन्नतीस का मतलब है बीस और नौ। इस बीस और नौ का ईकट्ठा शब्द ही बिश्नोई कहलाता है।

गुरू जम्मेश्वर की पर्यावरणीय शिक्षा से प्रेरित होकर अनेक महीला एवं पुरूषों ने शमी वृक्षों की रक्षा करते हुए अपने प्राणों का बलिदान तक दे दिया था। जिनमें सन् 1604 ई. में गोरा बाई व करमा बाई ने शमी वृक्षों को बचाने में अपने प्राणों का बलिदान दिया वहीं खीवणी देवी, नैतू नैन व मोटाराम खोखर ने भी खेजड़ी वृक्षों की कटाई रोकने के लिए अपने जीवन को दांव पर लगा दिया था। चैत बदी तीज विक्रमी सम्वत 1700 अर्थात सन् 1643 ई. में कई लोग शमी वृक्षों की कटाई रोकने के लिए राजस्थान के पोलावास गांव में शहीद हो गये।

तत्कालीन जोधपुर रियासत के राजा अभय सिंह के पुस्तैनी दीवान गिरधर दास भण्डारी ने जोधपुर किले के निर्माण हेतु चुने के पत्थर को तपाने की जरूरत थी और उसने ईंधन हेतु खेजड़ी वृक्षों की कटाई के आदेश जारी कर दिये। खेजड़ली गांव में हरे–भरे बहुतायत वृक्षों की कटाई होने लगी। इस कटाई को रोकने के लिए बिश्नोई लोगों के साठ गांवों चौसठ गौत्रों के लोग शामिल हुए जिनमें 217 परिवारों में 363 स्त्री–पुरूषों ने अपना बलिदान दे दिया जिसमें 294 पुरूष उन्नेहतर महिलाऐं शामिल थे। वृक्षों को लेकर इस महाबलिदान में 36 दम्पत्तियों ने पूरी तरह अपने जीवन को कुर्बान कर दिया। 363 बलिदानियों में सबसे

पहले अपने प्राणों की आहुति डालने वाली स्त्री अमृता देवी थी। श्रीमती अमृतादेवी के नाम पर भारत सरकार ने वृक्षों की रक्षा एवं वन्य जीवों की रक्षार्थ एक पुरस्कार देना शुरू किया हुआ है वही राजस्थान सरकार पहले से ही पुरस्कार दे रही है। सन् 2001 से मध्य प्रदेश सरकार ने भी अमृता देवी पुरस्कार देना शुरू कर दिया। आवश्यकता है खेजड़ी बाहुल्य राज्यों यथा; हरियाणा, गुजरात, पंजाब, उत्तर प्रदेश सरकारें भी अमृतादेवी वृक्ष मित्र पुरस्कार देना आरम्भ करे और वृक्ष प्रेमियों के बलिदान की कहानियों को पाठ्य क्रमों में भी शामिल करे। ताकि भावी पीढी को पर्यावरण संरक्षण के दायित्व का भान हो सके। जहां पाठ्य पुस्तकों का जिक्र हुआ तो खेजड़ी की लकड़ी से बनने वाली तख्ती का भी स्मरण हो आया। तख्ती से लिखाई में सुन्दरता आती है। यह अपनी अह्म भूमिका निभाती थी। अब तख्ती बहुत ही कम देखने को मिलती है।

शमी (खेजड़ी) वृक्ष पर स्वयं मैंने अनेक पहेलियां रची थी वही भारत में पनपने वाले सभी वृक्षों पर पहेलियां रची। राष्ट्रीय वैज्ञानिक एवं औद्योगिक अनुसंधान परिषद् भारत सरकार की मासिक पत्रिका 'विज्ञान प्रगति' में निरन्तर छपती रही हैं जिनमें इस वृक्ष के खेजड़ी, छोंकर, शमी, जांटी आदि नामों से छपी हैं। पहेलियों को मैं पहले ही आपके समक्ष प्रस्तुत कर चुका हूँ।

खेजड़ी (शमी) वृक्ष को चाहे जितनी बार भी खोदकर काट दें, उतनी ही बार पुनः अंकुर निकल आते है। दोबारा पेड़ बन जाता है। इस पर एक लोक कहावत है; "नीम काटे नीमड़ी, फरांसड़ी काटे तो फरांस। सोच विचार बताऊं, जांटी काटे तो होवे जांट।" नीम के वृक्ष को यदि जड़ के पास से भी काट दे तो वह पहले जैसा भारी पेड़ नहीं बनेगा। वह तो केवल हल्का वह भी बहुत हल्का पेड़ ही बनेगा। फरांसड़ी (छोटा फरांस) काटने के पश्चात तो पूरा विशाल वृक्ष पनप जाता है। ठीक इसी तरह से जांटी के

पेड़ को काटने के बाद पुनः अंकुरित होकर विशाल जांट वृक्ष का रूप धारण कर लेता है। इस वृक्ष की आयु के बारे में बताया जाता है कि यह लगभग 500 सात तक जीवित रहता है। यदि हम आज के बाजार भाव से गणना करें तो हमें ज्ञात होता है कि एक शमी का 4 फुट तने की गोलाई वाला पेड़, अपने पूरे जीवन काल में लकड़ी, फर्नीचर, ईमारती लकड़ी, चारा, फल, खाद, खिलौने व अन्य सामान की मार्फत हमारी उन्तालिस लाख रूपये से भी ज्यादा की मदद कर सकता है। यदि एक पेड़ इतनी मदद कर सकता है तो एक खेत में कम से कम 15–20 पेड़ हों तो सभी पेड़ों से हमारी कितनी मदद हो सकती है। अगर आप एक पेड़ द्वारा हमारें पूर्वजों को दी गई मदद तथा भावी पीढियों को दी जाने वाली मदद पर विश्वास भी न करे तो भी एक पेड़ हमारे जीवन काल में कम से कम सात लाख रूपये की मदद तो कर ही सकता है। एक जगह अटल खड़े इस बेजुबान पेड़ द्वारा सम्पूर्ण जीवन में हमारी 39 लाख रूपये की मदद दी जानी कौन–सी कम बात है। शमी वृक्ष से दो लाख रूपये की मदद चारे के रूप में, 1,70000 रूपये की मदद ईंधन से, 24 लाख रूपये की मदद फल से, 9 लाख रूपये की मदद खाद से, 1,35000 रूपये की मदद फर्नीचर, ईमारती व अन्य लकड़ी से बनने वाले सामान से, 105 हजार रूपये की मदद औषधि द्वारा, 27 हजार रूपये की मदद जड़ की लकड़ी से बनने वाले सामान से आय प्राप्त होती है।

खाद का अर्थ है कि इस वृक्ष से रस टपकता रहता है जो हमें नंगी आंखों से दिखाई नहीं देता। उक्त रस इतना महत्वपूर्ण है कि वह रस जमीन की उर्वरा शक्ति को बढाता है इसीलिए इसके वृक्ष के नीचे यदि हम गोबर व अन्य रासायनिक उर्वरकों का इस्तेमाल भी न करेगें तो भी हमें अधिक पैदावार मिलेगी तथा हमारी फसल की पैदावार जहरीली भी नहीं होगी। शमी वृक्ष हमारी लकड़ी, फूल–फल, पत्तों, छाल, औषध आदि से सहायता करता है फिर इस पर कुल्हाड़ी ही नहीं बल्कि आरा चल रहा है। आरे को

पूर्णतया रोकना ही होगा। प्रबुद्ध पाठकों आपको यह बता देना भी आवश्यक हो गया है, कि लेखक एक तरफ तो बात करता है जांटी काटने से जांट बनता है, दूसरी तरफ बात करता है, कटाई रोकने की। दो तरफा बातें हज्म नहीं होती। पहले ऊंटों–बैलों से खेतों की जुताई होती थी जिससे अंकुरित पौधा हल से बच जाता था आजकल ट्रेक्टरों से वह भी हैरो से जुताई होने लग गई है जिससे अंकुरित पौधा बच नहीं पाता है। यह आरा तब ही रूक सकता है जब समाज और सरकार मिलकर तहदिल से इस आरे को रोकने के काम को अन्जाम दें।

लेखक अपनी लेखनी द्वारा पर्यावरण संरक्षण हेतु समाज का मार्गदर्शन करता है लेखकों के अलावा बहुत–से ऐसे व्यक्ति हैं जो पर्यावरण संरक्षण में अहम् भूमिका निभा रहे है लेखक की लेखनी समाज को पर्यावरण संरक्षण हेतु प्रेरित करती है। लेखकों और पर्यावरण संरक्षकों को सरकार कुछ भी तो नहीं देती है। पहले वन विभाग हरियाणा द्वारा 'अरावली' नामक पत्रिका पर्यावरण के लेख एवं जानकारियां छापती थी जो बंद हो गई है जब सरकारी पत्रिका ही बन्द है तो भला लेखकों की लेखनी कहां छपेगी। समाज तक मार्गदर्शन कैसे पहुंच पाएगा। सरकार चाहिए की लेखकों व पर्यावरण संरक्षकों की सुधि लें और समय–समय पर प्रोत्साहित करने का काम करें। तब ही जाकर कहीं पर्यावरण का संरक्षण होगा। इतना ही नहीं पर्यावरण संरक्षण पर छापने वाली गैर सरकारी पत्रिकाएं अलबत्ता तो छपनी बन्द हो गई। कुछ देर–सवेर छप भी रही है तो भी बन्द के बराबर हैं। ऐसी पत्रिकाओं को भी सरकारी सहायता न मिलना बड़े शर्म की बात है। ऐसी पत्रिकाओं को अधिक से अधिक प्रोत्साहित करना चाहिए। तथा सरकारी मदद हर तरफ की मिलनी ही चाहिए। जबकि अन्य विषयों पर लिखने वाले लेखकों, अन्य विषय की पत्रिकाओं, अन्य विषयों पर काम करने वाला सरकार प्रोत्साहित ही नहीं करती अपितु पुरस्कार एवं बड़े–बड़े सम्मान भी देती है। ऐसा पक्षपात

नहीं होना चाहिए। सरकार को चाहिए कि पर्यावरण सरंक्षण में सभी की भागीदारी स्थापित करने के लिए इस विषय की सभी लेखकों की सभी पुस्तकों को विश्व विद्यालयों के पुस्तकालयों से ग्राम पंचायतों तक के सभी विभागों के नीचले स्तर से ऊपरले स्तर तक के कार्यालयों में सभी प्रकार के पुस्तकालयों में कम से कम पांच–पांच पुस्तकें खरीद कर सरकार द्वारा पहुंचाने का कार्य किया जावे। सभी पत्रिकाओं को ऊपर लिखित स्थानों पर सरकार द्वारा सभी पत्रिकाओं की कम से कम दो–दो प्रत्येक अंक की प्रतियां लागू करवाई जावे। पर्यावरण पर कार्य करने वाले लोगों को एकजुट करके गांव स्तर तक कम से कम प्रत्येक गावं में तीन महीने में एक बार कार्यक्रम अवश्य आयोजित किया जावे। इससे ही पर्यावरण की प्रेरणा हर व्यक्ति को मिलेगी और हर व्यक्ति पर्यावरण सरंक्षण में अपनी–अपनी भागीदारी निभाएगा। भ्रष्टाचारी, बेईमानी को दरकिनार करके ही काम करना होगा। जिससे हमारा देश बहुत ही बड़े खतरे से उभर कर एक दिन छुटकारा भी पाएगा।

जिसकी भी पुराने समय में माली हालत कमजोर होती थी और वह कर्जवान होता तो हमारे बुजुर्गों ने कुछ नियम बनाये हुए थे कर्ज मुक्ति के लिए। अपनी जिन्स (फसल) बेच कर कर्ज मुक्त हो जाए तो अच्छा है वरना अपने खेतों के भारी व पुराने वृक्षों को बेचकर, फिर भी न उतरे तो जेवरात को बेचकर कर्जा उतारें। सबसे आखिर में किसी तरह भी पार न पड़े तो खेतों (धरती मां) को बेचकर कर्ज उतारें। आज के इस युग में उल्टा काम हो गया है। धरती मां (खेत) बेचकर ही मकान बनाते हैं जेवरात खरीदतें हैं तो इस हालात वाले पर्यावरण संरक्षण हेतु पौधारोपण क्या अपने मकानों की छतों पर करेगें।

धरा की अनमोल वनस्पति 'करील'

करतार (भगवान, परमात्मा) ने जब धरती की संरचना की थी तब बहुत ही गहराई तक सोच–विचार करके पृथ्वी की अनमोल प्राकृतिक संरचना की थी। जैसे जहां पर्वतों की रचना की वहीं समुद्र भी बनाए ताकि वर्षा का पानी नदी–नालों के माध्यम से बहकर मार्ग में जीवों की प्यास बुझाते हुए हरियाली बिखेरते हुए समुद्र में पहुंच जाए। और वहीं पर मानसूनी पवनें समुद्र के वाष्पीकरण जल को उठाकर वर्षा कर सके। परमात्मा को मालूम था कि धरती पर बसने वाले जीव–जन्तुओं और मानव को पानी की अहम् आवश्यकता होगी, शायद इसीलिए भगवान (सृष्टिकर्ता) ने धरती पर तीन तिहाई भू–भाग पर जल की व्यवस्था की थी और शेष धरती पर पहाड़ों, जंगलों और समतल जमीन की संरचना की। समतल जमीन पर मानव अपनी एवं अन्य जीवों की भूख मिटाने के लिए खाद्य सामग्री पैदा कर सके। खाद्य सामग्री ही नहीं अपितु औषध, रंग, लकड़ी, फल, फूल आदि भी जुटा सके।

प्रकृति के नियमानुसार हर कोई व्यक्ति, जीव–जन्तु, कीट एवं किटाणु अपने–अपने स्थान पर ताकतवर है और वहीं एक–दूसरे किसी के दोस्त हैं तो एक–दूजे के दुश्मण हैं। इसी तरह वनस्पतियों का हाल है। एक वनस्पति जहां जहरीली होती है तो दूसरी वनस्पति जहर को खत्म करने की क्षमता रखती है। जहां सांप जहरीला होता है जिसके डसने से मानव आदि की मौत हो जाती है वही सांप किसान का मित्र भी है और मित्र बनकर फसल को अत्यन्त हानि पहुंचाने वाले असंख्य कीट–किटाणुओं का व चूहों का भक्षण करके फायदा पहुंचाता है। इस तरह बिजली (विद्युत) की मानव द्वारा खोज हुई उसका करंट मानव अथवा

जीवों को मार डालता है। वही विद्युत मानव के बहुत से यंत्रों को चलाकर मानव जाति की मदद करती है। सांप के डसने से मानव की मौत हो जाती है, तो उसको मार दिया जाता है तब भला बिजली को क्यों नहीं मारते क्योंकि बिजली भी तो आपको करंट के एक ही झटके में मार डालती है। इसी तरह जो जीव, वनस्पति, वस्तु आदि आपको नुकसान कम और फायदे अधिक देते हैं। वे आपके। हमारे मित्र हैं। बिजली ही क्यों, आग और पानी जहां आपको फायदे अधिक पहुंचाते हैं वहीं नुकसान भी तो पहुंचाते है। इन्हें भी खत्म कर डालों। परमात्मा ने प्रकृति ऐसे ढंग से बनाई जिसमें मरूस्थल का निर्माण होता चला गया तो एक ऐसी वनस्पति भी बना दी जिससे मरूस्थल विस्तार थम जाता है। वह वनस्पति है झाड़ीनुमा वृक्ष। इस वनस्पति पर कुछ मेरे द्वारा रचित पहेलियां प्रचलित हैं पहेलियों की बानगी देखेः–

तीन अक्षर का वृक्ष का नाम। तीन बार फल लगने का काम।।
इस पेड़ की हरी लकड़ी भी जलती। दूध की मथानी लकड़ी से बनती।।

दूसरी पहेली प्रस्तुत हैः–

तीन अक्षर में आता नाम। फल अचार के आता काम।।
सुन्दर लगते हैं इसके फूल। इसके विनाश में न करे भूल।।

एक और पहेली पर्यावरण को समर्पित हैः–

दो अक्षर का झाड़ी दार हूँ। होता फूल फलदार हूँ।।
कली, फल का शाक अचार बनता। कली, छाल, फल का औषध बनता।।

उस झाड़ीनुमा वनस्पति का नाम है 'करील'। इस वृक्ष को संस्कृत में करीर, निगूढपत्र, मरूरूह, गुढपत्र, शाक पुष्प, तीक्ष्ण कंटक, करवीर, क्रकरी पत्र, ग्रंथिल, मरूभूरूई, हिन्दी में करील,

करीर, करेल, व्रज में टेंट, टेंटी, मारवाड़ी में ढालू, केर, कैर, झांसड़ी, मराठी में नेवती, नेपती, किरल, सोदद, नेबती, पंजाबी में करीं, फल–डेले, कवड़ा, गुजराती में केर, केरड़ों, केरड़ी, सिंधी में किरिड़, फारसी में सोदाब, कवार, कच्छी में डवरा, बंगला में करील, तमिल में सेंगम, कन्नड़ में निर्प्पाड, कर्नाटकी में चिप्पुरी, काठियावड़ी में निर्प्पाड, तेलगू में करीरमु, हरियाणी में कैर अहीरवाटी में कैर, लेटिन में कैपेरिस एफीला, कैपेरिस डेसिडयुआ नामों से जाना जाता है। इस वृक्ष का घराना (वंश, कुल, खानदान) कैपेरीडेसी है।

कैपेरीडेसी वंश के इस झाड़ीनुमा वृक्ष को दो तरह का माना जाता है। पहला झाड़ीनुमा वृक्ष होता है, तो दूसरा तने वाला मध्यम वर्ग का वृक्ष। दोनों प्रकार के वृक्षों की लकड़ी, पुष्प, फल, टहनी, कोपंल, पत्तें, कांटे आदि समगुण लिये हुए हैं, आइये इस महत्वपूर्ण वनस्पति को जाने और दोस्ती का हाथ बढायें। किसी से भी दोस्ती करने से पहले, उसके अच्छे–बुरे गुण–दोषों की पहचान करना बहुत जरूरी होता है। यह वनस्पति मानव जीवन में जहां उपयोगी है वहीं किसानों की हितैषी भी है।

इस वर्ष पर वर्ष में एक बार नहीं अपितु फाल्गुन (फागन–फाग), ज्येष्ठ (ज्येठ), आश्विन (आसोज), मासों में तीन बार अत्यन्त सुन्दर, लालिमा लिए हुए गुलाबी रंग के पुष्प लगते हैं। इन पुष्पों को अहीरवाटी में 'बाड़िया' नाम से जाना जाता है। जब–जब इस वृक्ष पर पुष्प आते है, तब–तब यह पूर्ण रूप से पुष्पों तले ढक जाता है। इन फूलों में बड़ा ही रसीला रस भरा होता है जिसे ग्रामीण बच्चे आज भी, बड़े चाव से पुष्प की पंखुड़ियां उखाड़कर रसपान करते हैं। यह रस जहां स्वादिष्ट होता है वहीं औषधिय गुण भी अपने अन्दर समेटे हुए हैं। इस रस–पान से हाजमा ठीक रहता है वहीं गैस जैसी बीमारियों से भी छुटकारा मिलता है। पुष्पों के तत्पश्चात ही बेर के समान या कुछ बड़े

आकार में गोल हरे रंग के फल लगते है जिन्हें अहीरवाल में 'टींट' नाम से जाना जाता है। इस कच्चे हरे रंग के फल 'टींट' का भारत वर्ष में बड़ा ही महत्व है। इस फल से एक औषधीय 'अचार' बनता है। यह अचार औषधीय भी है और शाक–भाजी भी। इससे दवा का काम भी सरता है, पेट भरने का काम भी इसी से चलता है। इसके फल से फंकी–चूर्ण, शाक भी औषध के रूप में भी काम आते हैं। कुल मिलाकर टींट को पेट के लिए रामबाण औषध के रूप में माना जाता हैं। टींट जब पक जाता है तो हल्की गुलाबी लाल रंग का हो जाता है। इसके पके हुए फल को हरियाणवीं में 'पिच्चू' कहा जाता है। यह पका फल खाने में बड़ा ही स्वादिष्ट होता है वहीं यह भी औषधीय गुणों से भरपुर होता है।

इस पक्व फल 'पिच्चू' में छोटे–छोटे हिन्दी भाषा के सात अंक जैसी आकृति के सैंकड़ो के करीब बीज होते है इन्ही बीजों से नये पौधो का जन्म होता है वहीं ये बीज भी औषधीय गुणों से भरपुर होते है। कैर की जड़ें इतनी गहराई तक पहुंची हुई होती है कि इनको काट डालने और आस–पास की दो तीन मीटर गहराई की मिट्‌टी भी उठा लेने के बाद भी जड़ें पुनः अंकुरित होकर दोबारा से पेड़ बन जाता है।

भदनादि गुणवाला होने से मल, विष, और कफ आदि का नाश करता है, जो हाथियों को प्रेरित करता है। इस कांटों से युक्त झाड़ीनुमा वृक्ष को करीर कहा जाता है। इसको चीरने से 'क्र' जैसा शब्द होने के कारण 'कृकरीपत्र' नाम है। ग्रंथियां होने की वजह से ग्रंथिल नाम है। करीर रस में लिप्त और कटु है। यह लघु, उष्णवीर्य, भेदन, अर्श, कफ, वात, आम, शोथ, कृमिनाशक और व्रणरोपक है। इसके पुष्प कटु,विपाकी, वातहर और मलमूत्र को साफ लाने वाले है। फल मधुर, कटु, तिक्त, कफ और

वातनाशक है। फल का घी में शाक बनाकर, सेवन करने से दुष्टि में लाभ होता है।

शाखाओं के काण्ड का अर्क वातानुबद्ध रक्त दोष जन्य पादहर्ष और पादकालुष्य को दूर करता है। स्वेदित फल में सैंधव, यवक्षार, कालीमिर्च, अजवायन, त्रिकूट और हींग चूर्ण डालें। दही के साथ अच्छी तरह से मिलाकर, धूप में सूखा दें सूखने के बाद पुनः शीशी में भर लें, प्रतिदिन रात को कुछ फलों का सेवन करने से सबेरे विरेचन होता है। शूल आध्मान नहीं होने पाता। पुष्प चूर्ण चौथाई या आधा तोला, जल के साथ प्रतिदिन लेने से धीरे–धीरे शोथ कम हो जाता है। कोमल फलों को पानी में गर्म कर, धूप में सुखाकर प्रतिदिन सबेरे दही की मलाई के साथ कुछ फल खा लें या फल चूर्ण दही से खा लेने से रक्तार्श में खूब लाभ होता है। अर्क पत्र, करीर पत्र, नमक, दही, सिरका, इन सबको घड़े में बन्द कर कपड़ मिट्टी कर ले। पुनः चारों ओर उपलों से ढक कर पुट दे दें। अब खरल मे मर्दन कर चूर्ण बनाकर शीशी में भर लें। यह चूर्ण गर्म पानी, मद्य, मांसरस, दाडिमा के रस या दही की लस्सी के अनुपात से देने से वातजन्य अर्श (शुष्कार्श) ठीक हो जाते हैं (निघण्टु आदर्श द्वारा उल्लेख)।

इसकी छाल तिक्त एवं स्रंसन, स्वेदजनन, अशेछन, एवं शोथहर है। कोमल पत्ते तथा शाखा स्फोट जनन होते हैं। फल संग्राहक होते हैं। दंतशूल में पत्ते तथा नवीन शाखाएं चबाने को देते हैं। सूजन, फोडे आदि पर इसे लगाने से लाभ होता है। अतिसार तथा पुरानी आंव में फलों का अचार देते है। मूल की छाल, आमवत तथा विषम ज्वर में दी जाती है। त्वक चूर्ण की मात्रा एक से दो माशा देनी चाहिए। (भाव प्रकाश निघण्टु अनुसार उल्लेख)।

इसकी कोंमल कोंपल और कोमल पत्तों को पीसकर टिकिया बनाकर कलाई पर बांधने से फोला होकर ज्वर छूट जाता है।

कोंपल को मुहं में रखकर चबाने से दन्त पीड़ा मिट जाती है। सूखी कोंपलों के चूर्ण को एक तोला मात्रा में 3 माशे काली मिर्च के साथ प्रातः काल फंकी लेने से तिल्ती मिट जाती है। एक तोले जड़ को तीन सेर पानी में औटाकर जब आध सेर पानी रह जाए, तब उसके दो हिस्से करके दिन में दो बार सुबह शाम पिला देना चाहिए। इस प्रकार सात–आठ दिन तक उपायोग करने से रक्तार्श मिट जाता है। लकड़ी की राख को घी में मिलाकर, चाटने से जोड़ों की पीड़ा मिटती है। कमर का दर्द भी इससे नष्ट होता है।

जड़ को पीसकर बालों की जड़ों में मलने से बढते हैं। यह औषधी आम वात, करिवात, हिचकी, कफ और श्वास में भी लाभदायक है। यह कफ के दोष मिटाती है। फोड़े–फुंसी और बवासीर में लाभदायक है शरीर के अंगों की सूजन मिटाती है। पुष्प कफ और पेट के विकार दूर करता है। यह फालिज (लकवा) और तिल्ली की बीमारी में लाभ दायक है। यह दस्तों को रोकने वाला और कब्जियत पैदा करने वाला है। इसका अचार सिरके में बनाकर खाने से बरम जाता रहता है। यह कफ को भी काटता है तथा जोड़ो के दर्द और क्षय की बीमारी में लाभदायक है।

यह फल दिल को ताकत देता है। स्मृति और बुद्धि को बढाता है। कामेन्द्रिय को बलवान करता है। कोंपल को समान भाग असगंध के साथ कूट छान कर हर रोज 6 माशे बासी पानी के साथ मासिक धर्म के समय स्त्री को खिलाने से उसको संतान होना बंद हो जाती है और किसी तरह की तकलीफ नहीं होती। इसी तरह इसकी कोंपल को बिना पानी के पीसकर मलने से दाढी और सिर के बाल जम जाते हैं। जलोदर रोग में भी, यह औषधी प्रभावशाली है। यह औषधी गर्म मिजाज वालों के मेदे, गुर्दे और दिमाग को नुकसान पहुंचाती है, इसके ज्यादा इस्तेमाल से खुजली पैदा होती है। इसके दर्प को नष्ट करने वाली अनीसून, उस्तखद्दूस, शहद और कुलंजन है। इसकी मात्रा चूर्ण रूप में 10

माशा, काढे में डेढ से दो तोला तक और रस रूप में 2 तोलें से अढाई तोले तक है।

इसकी नाजुक शाखाओं और पत्तों को पीसकर फफोले पर लगाये जाते हैं। यह फोड़े–फुन्सी और प्रदाद पर काम में आती है। यह विष प्रतिरोधक है तथा जोड़ों के दर्द में भी फायदा पहुंचाती है, दांतों की पीड़ा में भी इसका चूसना लाभकार है। यह प्रदाद नाशक भी है। (भारतीय जड़ी–बूटीयां नामक पुस्तक में उल्लेख)।

इस वृक्ष की छाल से क्षारीय पदार्थ प्राप्त होता है तथा बीजों से ग्लुकोसाइड पदार्थ निकाला जाता है। वृक्ष से प्राप्त रस कड़वा, खारा, उष्ण, एवं रूक्ष होता है जिसका प्रभाव क्षणिक होता है। रस का स्वभाव उष्ण होने से यह कफवात नाशक होता है। यह कीड़ों को मारने वाला, सूजन को मिटाने वाला तथा रस का लेप करने से वेदना हरने वाला है। रस आतों को साफ करने, बवासीर को ठीक करने, कीड़ो को मारने, उत्तेजना पैदा करने वाला तथा श्वास रोगों में उपयोगी है। इसके रस का त्वचा पर लेप करने से पीड़ा होती है लेकिन यह विष व दर्द को हटाने वाला है। शरीर के जोड़ों में दर्द होने पर रस का लेप करते हैं, दांतों में दर्द होने पर नवीन पत्तियां एवं टहनियां चबाते हैं। (प्रख्यात पर्यावरणविद् डॉ. रामनिवास यादव की कलम से)।

यह वृक्ष धार्मिक कार्यो से भी जुड़ा हुआ है। होली का डाण्डा (प्रहलाद भक्त) गाड़ने में इसकी लकड़ी का उपयोग होता है तथा लकड़ी को हवन में उपयोग किया जाता है। अनेक गुण विद्यमान होने की वजह से अहीरवाल क्षेत्र की महिलाएं गेहूँ का दलिया व मिठाईयां चढाकर मई–जून माह में कैर बाबा की पूजा करती हैं। इस वृक्ष की जडें इतनी लम्बीं होती हैं कि वे भूमिगत जल की गहराईयों तक पहुंचकर वृक्ष पोषण हेतु पर्याप्त खुराक जुटा लेती हैं। भीषण से भीषण अकाल की स्थिति में भी वृक्ष को सूखने नहीं

देती हैं। नई कोंपलों पर छोटे, चिकने व रेखाकार पत्तें होते हैं। मोटी व खुरदरी छाल होती है वहीं टहनियां हरी–भरी कांटों से युक्त झाड़ू के आकार की होती हैं। दक्षिणी–पश्चिमी हरियाणा, उत्तरी–पश्चिमी राजस्थान के लोगों के लिए इसका फल 'टींट' वरदान के रूप में साबित हुआ है। टींट का शाक, अचार, यहां के निवासी औषधी में नहीं बल्कि रोटी के साथ खाने के काम में लाते हैं वहीं 'टीट' तोड़कर के बाजार में बेचकर अपनी आजीविका भी चलाने का काम करते हैं। इस टींट का अचार बाजार में 200–250 रूपये किलो तथा टींट का भाव 100–150 रूपये किलो वर्तमान में है। रोटी के साथ शाक व अचार खाने की वजह से इस क्षेत्र के निवासियों की अधिकतर पेट की व्याधियां स्वतः ही ठीक हो जाती हैं यह शाक व अचार पेट की गर्मी को दूर करता है वहीं इससे पाचन क्रिया भी संतुलित होती है। यह वृक्ष केवल मानव का हितकारी ही नहीं अपितु ऊंट, भेड़–बकरी को हरा चारा भी प्रदान करता है। इसके फल का अन्य शाक–सब्जियों में भी इस्तेमाल किया जाता है। पहले देहात में जब टमाटर न मिलते थे तो देहाती लोग छाछ में सड़ाये हुए टींट का इस्तेमाल शाक–भाजियों में टमाटर की जगह (एवज में) करते थे और अब भी जब टमाटर महगें हो और न मिल पाते हों, तो टींट का उपयोग कर लेते हैं। देहात में लोग आज भी जब टमाटर न मिलें और टींट भी न हो, तो हरी या सुखाई हुई कचरी (फूट काकड़ी की तरह छोटा फल जो खेतों में बेल पर चौमासे में लगता है।) को भी शाक–सब्जियों में डालते हैं। इससे सब्जियों का स्वाद (जायका) बढ जाता है वहीं मुफ्त में टमाटर का काम भी निकल जाता है और तो और टींट या कचरी होने से पेट की व्याधियां भी मिट जाती है।

इसके फल 'टींट' को वृक्ष से तोड़कर टींट के नकरू (नाकू) को तोड़ कर (अलगाकर), छाछ, पानी, नमक मिलाकर एक हांडी (हंडिया) में डालकर उसमें टींट को डाल दिया जाता है इस

प्रक्रिया के बाद लगभग 15 से 20 दिन हांडी को ढक कर धूप में रख दिया जाता है। फिर छाछ के पानी को हांडी से निकाल कर धोकर सड़े हुए टींट को औखली में डालकर कूटकर छोटे–छोटे टुकड़ों में करके सुखा लिया जाता है। कूटने के बाद सुखाने से पहले किसी को खट्टे टींट का अचार पंसद हो तो वो लोग अचार डाल लेते हैं। कोई–कोई तो कूटे हुए टींट को तिड़का लगाकर सब्जी बनाकर खाते है। इन सुखाये टीटों को वर्ष भर के लिए सुरक्षित रख दिया जाता है। गाजर जैसी मिठी सब्जी में टमाटर होते हुए भी खट्टें टींटों को ही डालना पंसद किया जाता हैं इससे गाजर की सब्जी का स्वाद बढ जाता है। इन सड़ाये हुए टींटो से समया भाव में सब्जी बनाने की बजाये सिलवटें पर चटनी बनाकर, चटनी के साथ रोटियां खाने का एक अलग ही स्वाद होता है। ये हीं सडाये हुए टींट खाट्टा व कढ़ी की सब्जी (शाक) में डालकर स्वाद को बढा लिया जाता है। सड़ाये हुए व सुखाये हुए टींटो से फंकी–चूर्ण भी काला नमक या सैंधा नमक डालकर बनाया जाता है यह चूर्ण–फंकी पेट पीड़ा में राम बाण औषधी है।

इस वृक्ष का निवास खासतौर से उष्ण प्रदेशों जैसे राजस्थान, उत्तर प्रदेश, हरियाणा, पंजाब, गुजरात, मध्यप्रदेश, तथा दक्षिणी भारत भी शामिल है मे है। यह वृक्ष औषधीय गुणों का विशेष महत्व रखता है। लकड़ी सूखने के बाद फटती नहीं और न ही उसमें परचटें निकलती है। लकड़ी पर विशेष सफाई आने के कारण शतरंज की सार, चौपड़ की सार, रास खेलने के डण्डे, सभी खिलौने, बालों की कंघी तथा दूध बिलौने की रई (मथानी) आदि बनाये जाते हैं। लकड़ी का स्वाद कड़वा व तेल की मात्रा होने के कारण घुन आदि कीड़ों का प्रकोप नहीं होता है। इसीलिए लकड़ी से पशुओं के खूंटे भी बनाये जाते है। सम्पूर्ण वृक्ष (सभी अंगों से) से फसलों के लिए विशेष प्रकार का कीटनाशक तैयार किया जा सकता है। यह वृक्ष झाड़ीनुमा होने के कारण मिट्टी के कटाव को रोकता है और तेज पवन के झोकों के रास्ते में अवरोध

का काम करता है जिससे उड़ाकर साथ लाये गए मिट्टी के कण इस वृक्ष के पास जमा होते–चले जाते हैं। ये कण अति उपजाऊ होने के कारण किसान भाईयों को एक विशेष किस्म की खाद सहज में प्राप्त हो जाती है।

वृक्ष द्वारा हवा की गति को अवरूद्ध करने की प्रक्रिया से मरूस्थल (रेगिस्तान) का दायरा भी नहीं बढता है। मरूस्थल के विस्तार को रोकने वाले, भूमि कटाव से बचाने वाले, औषधीय गुणों से भरपुर एवं चारा देने वाले, इस वृक्ष का रोपण एक राज्य से दूसरे राज्य की सीमा पर, एक गांव से दूसरे गांव की सीमा पर, सभी गांवों के कच्चे रास्तों के दोनों तरफ, सभी छोटी–बड़ी सड़कों के दोनों तरफ, राज्य राज मार्गों–राष्ट्रीय राजमार्गों की दोनों तरफ, रेलवे लाईनों की दोनों तरफ, इस वृक्ष का रोपण वन विभाग द्वारा समाज के साथ मिलकर किया जावे तथा खण्डहरों या बंजर पड़ी भूमि पर विलायती कीकरों की बजाये इस वृक्ष का रोपण करने से चारा, खाद्य, फल, तथा औषधी जहां प्राप्त होगी वहीं ईंधन भी प्राप्त होगा तथा पर्यावरण संरक्षण भी होगा। नील गाय जैसे जानवरों से सड़क दुघर्टनाओं में भी कमी आएगी क्योंकि यह वृक्ष बाड़ का भी काम करेगा जिससे किसानों को भी लाभ होगा। यदि वन विभाग के अधिकारी सचमुच में पर्यावरण की रक्षा करने में रूची रखतें है और सरकार भी पर्यावरण संरक्षण की बात करती है तो पूरे देश में जहां–तहां विलायती कीकरो ने कांग्रेस घास से भी बढकर जो पैर जमाएं हुए हैं उनको तुरन्त प्रभाव से युद्ध स्तर पर उखाड़ फेकें और कैर (करील) वृक्षों का रोपण करें। यदि पर्यावरण संरक्षण का ढोंग करके दिखावा ही करना है तो कुछ भी न करें। इस वृक्ष की हरी लकड़ी भी बड़ी आसानी से सूखी लकड़ी की तरह जलने में सक्षम है।

इस वृक्ष का अंग–अंग मानव व जीव कल्याण के लिए बना है। चाहे इसकी जड़े, त्वचा, मूल, छाल, टहनी, कोंपल, पत्तें, फूल,

फल, रस कोई भी अंग क्यों न हो। इसके हरे फल को छाछ में सड़ाकर एक विशेष प्रकार की फंकी (चूर्ण) तैयार किया जाता है जो अकसर पेट दर्द के लिए विशेष उपयोगी है। खाद, फल, औषधी, ईंधन, लकड़ी से मदद देने वाली धरा की अनमोल वनस्पति की पढे–लिखे समाज व सरकार कहां तक संरक्षण कर पाते हैं यह तो भविष्य ही बताऐगा।

इस वृक्ष पर भी एक कुण्डली बन पड़ी है जो आपके समक्ष प्रस्तुत की जा रही है:–

सूखी भूमि का करील, दूजा करीर नाम।
तीसरा कैर नाम है, तासु 'टींट' का काम।।
तासु 'टींट' का काम, टीटं से अचार बनता।
अचार भरता पेट, पेट रोग दूर करता।।
कह 'कौशल' कविराय, ना रहे बकरी भूखी।
लकड़ी कड़ी बताय, जलती हरी हो सूखी।।

बड़ा गुणकारी है पवित्र वृक्ष 'पीपल'

योगेश्वर (योगीराज) श्री कृष्ण ने पाण्डु पुत्र अर्जुन को गीता का उपदेश देते हुए कहा कि अजुर्न तुम व्यक्तिगत लाभ–हानि के विचारों को छोड़कर जगत कल्याण हेतु युद्ध लड़ो। युद्ध में तुम्हारी हार होगी या जीत, इस पर ध्यान न दो। तुम्हें तो केवल कर्म करना है। कर्म के फल की चिन्ता करना छोड़ो। कर्म करना मानव के जीवन का एक अभिन्न अंग है। इस महत्वपूर्ण हिस्से को निभाना ही होगा। तुम्हें युद्ध इसलिए करना है कि पापियों (प्रदूषण कारियों) का नाश हो। जिन्होंने इन्द्रप्रस्थ की पटरानी, हस्तिनापुर की पुत्र–वधू, कुरू वंश की कुल वधू, महाराज द्रुपद की पुत्री द्रोपदी का भरी सभा में चीर हरण करके सबसे बड़ा पाप किया है। जब द्रोपदी का चीरहरण हो रहा हो तो आम नारी की मान मर्यादा कहां तक सुरक्षित रह सकती है। इसी प्रकार अति महत्वपूर्ण एवं पवित्र माने जाने वालें वृक्षों का ही जब अस्तित्व खतरे में हो, तब भला छोटे एवं कम महत्व रखने वाले (आम पेड़ पौधे) वृक्षों का संरक्षण कैसे सम्भव हो सकता है। आगे श्री कृष्ण ने कहा कि हे अर्जुन! जो मनुष्य अपने स्वार्थ की पूर्ति हेतु अर्थात अपने व्यक्तित्व लाभ के लिए वृक्षों को कटवाता हो वह पापी कहलाता है क्योंकि उसने जन कल्याण के विषय में न सोचकर निजी लाभ का ही मार्ग अपनाया है। जो मनुष्य अपने व्यक्तिगत लाभ की न सोचकर, जनकल्याण के विषय में सोच विचार करके वृक्षों की संख्या को बढाता हो व वनों की शोभा बढाता हो तथा समाज में फैल रही बुराईयों को दूर करने पर ध्यान देता हो, वह मनुष्य 'मुनि' कहलाता है। जब हर आदमी व्यक्तिगत तौर पर मुनि बनने का प्रयत्न करेगा, तब पर्यावरण सरंक्षण अवश्य ही होगा और प्रदूषण से छुटकारा अवश्य मिलेगा। फिर तो बहुत–से रोग स्वतः

ही ठीक हो जाएगें। बहुत–से रोग होगें ही नहीं। पहले जमाना था कि एक गांव को बचाने हेतु एक घर की बली देनी होती तो वह दे दी जाती थी। अगर देश को बचाना हो तो एक गांव की बली देनी पड़े तो वह दे दी जाती थी। इस आशय का तात्पर्य यह है कि अगर कोई सड़क बनाई जानी हो और मार्ग में किसी महत्वशाली व्यक्ति के कोई एक–दो पेड़ बचाने के लिए सड़क का मार्ग में बदलाव करके, आम लोगों के सैकड़ों या हजारों वृक्ष उजाड़े जाए तो इससे भला कहां होने वाला है। आज हमारे समाज व सरकार में राजनीति के चलते इसी तरह का घटित हो रहा है। प्रभावशाली लोग अपने निजी लाभ की पूर्ति के लिए आम जनता को परेशान करके, आम जनता को भारी नुकसान पहुंचा रहे हैं। हमारे पर्यावरण संरक्षक जैसे–वृक्ष, नदी, सरोवर, झरनें, पौधे, बावड़ियां, प्याऊ, कुओं, पर्वत आदि को धर्म के साथ जोड़ दिया गया था। पेड़–पौधे, नदी, सरोवरों, बावड़ी, झरना और प्याऊओं को पवित्रता की संज्ञा दी गई। इस प्रक्रिया में बहुत–से वृक्षों को पवित्र होने का गौरव मिला जिसमें सर्वाधिक पवित्र वृक्ष होने का गौरव जिस वृक्ष को मिला उस पर कुछ पहेलियां बन पड़ी जो आप प्रबुद्ध पाठकों के समझ प्रस्तुत हैः–

तीन अक्षर के इस राज्य वृक्ष को,
सभी ने है पवित्र माना।
प्रथम कटे समय, मध्य कटे फल,
अंत कटे मवाद बन जाना।।

एक पहेली और प्रस्तुत हैः–

लाख से बनती काली, लाल रोशनाई।
सब पेड़ों से ज्यादा पवित्रता बताई।।
छाल, छाल राख, पत्र, फल दवा में काम।
तीन अक्षरों में आता नाम।।

इस पहेली की बानगी देखिए जिसमें राजकीय वृक्ष के दर्जे के बारे में भी बताया गया है:–

राजकीय वृक्ष हरियाणा का।
जिक्र ऑक्सीजन खजाना का।
तीन अक्षर में है नाम कहलाए।
सारें देवों का वास बतलाए।।

पहेलियों की तरह ही सवाल और जवाब की कुण्डलियां भी आप प्रबुद्ध पाठकों के समक्ष प्रस्तुत की जा रही हैं:–

सवाल
मानते पावन पवित्र, राजकीय यह जान।
सब कोई जानते हैं, ऑक्सीजन की खान।।
ऑक्सीजन की खान, पत्ते तासु हैं थिरकते।
जीवित अनेक साल, देव सब निवास करते।
कह 'कौशल' कविराय, वृक्ष को सभी जानते।
बता कौन–सा वृक्ष, पावन पवित्र मानते।।

जवाब
पावना पवित्र माने, हरियाणा का मान।
मानता है हर कोई, दे सांस देत जान।।
दे सांस देत जान, तासु पत्तों का थिरकना।
अनेक साल जीवित, देवो का वास करना।
कह 'कौशल' कविराय, पेड़ का होय आवना।
बताया वह 'पीपल', माने पवित्र पावना।।

तो अब आप 'पीपल' वृक्ष की पवित्रता के पहलू पर विचार करें कि इसे पवित्र क्यों और किसलिए माना गया है:–

हरियाणा में इसको राजकीय वृक्ष का दर्जा भी प्राप्त है हरियाणा के इस राजकीय (राज्य) वृक्ष को विभिन्न भाषाओं, बोलियों

में किन–किन नामों से जाना जाता है ताकि हम सभी से जुड़ सकेंगें। सभी से सीख सके। सभी को सीखा सकें।

इस पवित्र वृक्ष को संस्कृत में पिप्पल, बोधिद्रुम, मंगल्य, अश्वत्थ, बोधिपादप, कलिगं, केश्वावासव, द्विदराशन, ईभाशन, चल पत्र, गजाशन, श्यामल, क्षीरवृक्ष, हरिवास, चलदल, पवित्रक, पिंपल, चलवृक्ष, अश्वाथ, हिन्दी में पीपल, पीपल वृक्ष, रोही, बंगला अथवा बंगाली में अशोथ गांछ, अश्वत्थ, आशुदगाछ, मराठी में पीपल, पिंपल, पिपल, गुजराती अथवा सौराष्ट्री में पीपलों, पीपलो, तमिल में अरशम, पंजाबी में पीपल, कर्नाटकी में अश्शेमर, अरलीमारा, अरली, तेलगु में रविचेट्टु, राविचेट्टु, राबी चेट्टु, तामिल में अरशम, आराकरम, अरशमरम्, मलयालम में अरायल, फारसी में दरख्तेलरजा, अरबी में शज्रतुल, मुर्तअश, द्रावड़ी में अरश्म्भंर, लेटिन में फाइकस रितिजिओसा, अंग्रेजी में पाइपल ट्री सक्रेराटिंग, पोपलर लिब्डफिग ट्री, नामों से जाना जाता है। इस वृक्ष का कुल (वंश, कुनबा) मोरेसी है।

इस वृक्ष की छाल में 4 प्रतिशत टैनिन होता है। पीपल वृक्ष रसयुक्त, शीतल, गुरू, कठिनता से पचने वाला, रूक्ष वर्ण को उत्तम करने वाला, रक्तविकार, कफ, पित्त, व्रण को दूर करने वाला, योनिका शोधन करने वाला, मधुर, वर्णकार, दुर्जर होता है। और दाह का नाश करता है। इसकी छाल, पत्र, फल एवं छाल की राख का उपयोग किया जाता है। पुराणों में बैशाख मास में पीपल का अभिषेक हर रोज करने का बड़ा महात्मय लिखा है वहीं बैशाख मास की कृष्ण पक्ष की चतुर्दशी को इसका विशेष पूजन भी होता है। जिस गांव में मन्दिर ना हो या कोई दूर–दराज के खेतों में या ढाणियों (छोटी बस्ती) में या वन में बसते हो तो उस गांव / खेतो / ढाणियों / वनों में निवास करने वाली औरतें सावन मास में प्रत्येक सोमवार व शिव रात्रि के दिन उपवास करती हैं और पीपल के वृक्ष में एक लौटा पानी डालकर ही अन्न जल ग्रहण

करती हैं। अन्य व्रतों में भी चन्द्रमा या सूर्य के बादलों में घिरने (छिपने) की वजह से दर्शन दुर्लभ होने की स्थिति में व्रत करने वाले स्त्री–पुरूष–बालक पीपल के वृक्ष की जड़ों में एक लौटा शुद्ध जल उढेलकर (डालकर) अपने उपवास को खोलतें है। सनातन धर्म के अनुसार किसी की मृत्यु हो जाने पर इसकी शाखाओं में पानी का घट बांधने की भी परम्परा है। इस परम्परा को एक ही विश्वास से निभाया जाता है कि स्वर्गवासी की आत्मा प्यासी न रहे और यहां तक माना जाता है कि अशान्त आत्माओं की प्यास बूझाकर, पीपल वृक्ष ही उसको शान्ति प्रदान करता है। इस वृक्ष को धार्मिक परम्परानुसार पुरातन पुरूष की तरह पूजा और समझा जाता है। यहां तक गर्भवती महिलाएं इस वृक्ष के नीचे से इसलिए निकलती है क्योंकि यह वृक्ष पवित्रता का प्रतीक माना जाता है इसलिए तो भारत की कुल (वंश) वधुएं इस वृक्ष के पास से गुजरते वक्त घर के बड़े–बूढ़ों की भांति सम्मान में अपना घूंघट निकाल लेती थी। भारतीय नारियां अपने सुहाग के लम्बें जीवन की कामना हेतु पूजा करती हैं। यहां तक कि हमारे ऋषिमुनियों ने भी इसको श्रेष्ठ और पवित्र मानकर ही पूजा के योग्य माना है। प्राचीनतम ऋषि पिप्पलाद की घोर तपस्या इसी वृक्ष के नीचे बैठकर सम्पन्न हुई और नामकरण भी इसी वृक्ष के नाम पर हुआ है।

पीपल वृक्ष का रोपण सर्वत्र किया जाता है फिर भी भवन, दुर्ग व मन्दिर के पास इसका रोपण सर्वाधिक किया जाता है। इस वृक्ष के नीचे ही शिवलिंग की स्थापना करना भारतीय परम्परा रही है। इससे शिवलिंग पर जलाभिषेक भी हो जाता है और पीपल को पानी भी मिल जाता है। सांप के विष को निष्प्रभावित करने हेतु चाणक्य के जमाने में जगह–जगह पर इसके पत्ते रख दिये जाते थे। जल पात्रों व सरोवरों आदि में इसके पत्ते डालने से जल शुद्ध रहता है, यह हमारी प्राचीन परम्परा है। पीपल वृक्ष की आकृति का वर्णन हड़प्पा कालीन सिक्कों पर मिलना हमारी प्राचीन परम्परा को

उजागर करता है। इस वृक्ष के पत्तों से जड़ तक में सभी देवी–देवताओं का वास बताया जाता है। यहां तक कि हरि (विष्णु) का वास होने के कारण ही तो इसका नाम ही 'हरिवास' पड़ गया। वैसे परम्परानुसार तो इस वृक्ष में ब्रह्मा, विष्णु, महेश (तीनों देव श्रेष्ठों) का वास भी माना जाता है। 'हाथी के पाव में, सबका पाव' कहावत अनुसार तीनों देव श्रेष्ठों का वास इस वृक्ष में है तो सभी देवी–देवताओं का भी वास के बराबर है।

उपनयन संस्कार के समय इसकी पूजा की जाती है तो वासुदेव का रूप मानकर हिन्दू समाज की महिलायें सोमवती अमावस्या को इसका पूजन करती हैं। यह वृक्ष पर्यावरणीय दृष्टिकोण से भी महत्वपूर्ण है और 24 घण्टें में 2200 कि.ग्रा. कार्बन–डाई ऑक्साइड का शोषण करके 1700 कि.ग्रा. ऑक्सीजन छोड़ता है। इससे निकलने वाली वायु शुद्ध, रोगनाशक एवं शीतल होती है। बहुत–से पक्षियों का इस पर रैन–बसेरा होता है वहीं पशुओं की शरण–स्थली भी यह वृक्ष है। इसकी लाख पुराने पेड़ों पर मिलती है जिसका सेवन महिलाओं के लिए वर्जित है, क्योंकि इससे उनको गर्भ नहीं ठहर सकता है। कौए की विष्ठा के द्वारा गिरे बीज उगने से ही इस वृक्ष का उदभव होता है। इसीलिए तो यह घरों की दीवारों आदि पर उग आता है। बड़ की तरह ही किसी–किसी वृक्ष पर जटाएं भी फूट आती हैं। जो पानी में घिस कर पिलाने से बच्चों के श्वास चलने वाले रोग में रामबाण औषधि साबित होती है।

पीपल का वृक्ष मधुर, कषाय, शीतल, दुर्जर, गुरू, रूक्ष, वर्णकर, योनिशोधक और कड़वा होता है तथा कफ, पित्त, दाह और व्रण का नाश करता है। पके हुए फल हृद्य और शीतल होते हैं तथा कफ, पित्त, रक्त दोष, विष–दोष, दाह, कै, शोथ और अरूचि का नाश करते हैं। लाख कड़वी, फिकी, स्निग्ध, लघु, शक्तिवर्धक, भग्नसंधानगकर, वर्णप्रद और शीतल होती है। कफ,

पित्त, शोष, विष, रक्तविकार, विषमज्वर, हिचकी, ज्वर, ऊर्ध्वरस, उरःक्षत, नासिका रोग, स्तनरोग, रक्तातिसार, क्षय, बद, फोड़े, नीलमेह, कृमि, कुष्ठ, और दाह का नाश करती है। उपदंश, कैं, खुजली, मुंहं के छालों, पशुओं के घाव में कीड़े पड़ने, हनुग्रह, वायु, ऊर्ध्वर, श्वांस चलने, बच्चों की बुद्धिमन्दता, घाव, रक्त, पित्त, प्रदर, सूखी खांसी, कफ, के साथ खून गिरने, मामूली ज्वर आने पर, बच्चों के शूल अनिद्रा पर इस वृक्ष की जड़, छाल़, फल, लाख, पत्तें काम में आते है। (वनौषधि शतक नामक ग्रन्थ के कुछ अंश)।

पीपल की लाख से स्याही (रोशनाई) भी बनाई जाती है। पहले जमाने में ऋषि और मुनि काली एवं लाल, रंग की चमकीली स्याही पीपल की लाख से ही तैयार करते थे। लाख से तैल भी बनाया (निकाला) जाता था यह तेल खाज–खुजली को नष्ट करने वाला एवं ज्वर, शीतला, घमौरी आदि गर्मी को शान्त करने वाला, हाथ–पांव की जलन मिटाने वाला, क्षय के ज्वर व अन्य सब प्रकार के ज्वरों को दूर करने वाला होता है। इस तेल को शरीर पर मलने से राक्षस एवं भूत की पीड़ा का नाश हो जाता है। लाख का तेल गर्भवती महिला के लिए उत्तम होता है। शरीर पर मलने से उन्माद, श्वांस, अपस्मार, वात रोग में उपयोगी होता है। इसका वृक्ष सैकड़ों फुट तक ऊँचा हो जाता है। पत्ते गोलाकार व नुकीले होते हैं। पत्र दण्ड पतला व लम्बा होने की वजह से ही इसके पत्ते हवा में थिरकते रहते हैं, इसकी छांव सघन और प्रियतम होती है। हरे पत्ते पशुओं के चारे के रूप में इस्तेमाल होते हैं। यह वृक्ष शीत, मूत्र संग्रहणीय, रक्त संग्राहक, पौष्टिक, स्तम्भन, एवं ब्रणनाशक है। इसके पत्ते एवं फल आनुलोमिक है। छाल का जलीय सत्व स्टेफिलोकोक्स औरियस एवं एसचेरिचियावो लाई जीवाणु रोधी है। बाजीकरण के लिए इसके फल, मूल, छाल एवं कोंपल को दूध में पका, मधु एवं शर्करा (चीनी) मिलाकर पिलाते हैं, इसकी छाल की राख पानी में डालकर ऊपर का जल पिलाने से हिक्का व वमन में लाभ होता है। सोजाक (सुजाक) में कोंपल

दूध में पकाकर पिलाते हैं। छाल का भी प्रयोग सुजाक में किया जाता है। ब्रण प्रक्षालन, उत्तर–वस्ति, डूशगन्डूश आदि के लिए इसकी छाल के क्वाथ का प्रयोग किया जाता है जो बहुत ही उपयोगी है। चूर्ण की मात्रा 1 से 3 माशा, क्वाथ की मात्रा 5 से 10 तोला। (भाव प्रकाश निघण्टु शोध ग्रन्थ से लिए कुछ अंश)।

रतौंधी रोग में पीपल की जड़ की लकड़ी का टुकड़ा लेकर उसे गौमूत्र के साथ पत्थर की शिला (शिल्वटा) पर घिसकर प्राप्त अंजन को दो–चार दिन तक आंखों में लगाने से रोग दूर हो जाता है। इसकी टहनी का दातुन कई दिनों तक करने से तथा उसको चूसने से मलेरिया ज्वर ठीक हो जाता है। पीपल की ताजा हरी पत्तियों को निचोड़कर उसका रस कान में डालने से कान का दर्द दूर होता है। वहीं कुछ समय तक नियमित सेवन से (डालने से) कान का बहरापन भी दूर होता है। पत्तों को खूब कूटकर उसका पाउडर बना लें, फिर उसे कपड़ें से छान लें फिर यह चूर्ण अठन्नी भर व इस से दोगुणा शहद मिलाकर एक मास तक लगातार चाटने से दमा व खांसी में स्पष्ट फायदा होता है। पीपल के फलों को सुखाकर तथा कूटकर कपड़े से छान लें। फिर रोज पाव भर दूध में चवन्नी भर चूर्ण मिलाकर पीने से दौर्बल्य दूर होता है। स्त्री बन्ध्यापन भी इसी से नष्ट होता है। उपर्युक्त फलों का चूर्ण दूध के साथ नियमित रूप से स्त्रियां प्रसव के बाद सेवन करें तो पुराना प्रदर जड़ से मिट जाता है और मासिक गड़–बड़ी भी ठीक हो जाती है। पीपल की दो–चार कोमल पत्तियों को चूसने से सिर का दर्द दूर हो जाता है। सर्दी में भी राहत मिलती है। (पर्यावरण संजीवनी में सम्पादक के लेख से कुछ अंश)

पीपल को अथर्ववेद में आयु दाता एवं लक्ष्मी की सन्तान भी माना है। गुह्य पुष्पक का अर्थ है गुप्त पुष्प (छुपे हुए पुष्प)। इसके पुष्प (फूल) छिपे हुए होते हैं। अर्थात गोफे के भीतर होते हैं। पतझड़ में पत्ते गिरते हैं, गर्मी की ऋतु आते–आते ही पुनः पत्ते आ

जाते हैं। फल कच्चे हरे रंग के और पकने पर रक्तपूर्ण (रक्तवर्ण) के होते हैं। और झाड़ी बेर या देसी बेर के समान फल होता है। इस फल को देहात में बरबन्टी कहा जाता हैं। इस वृक्ष की छाल से कषाय (गेरूआ) रंग प्राप्त होता है। जो साधु–सन्यासियों के वस्त्र रंगने के काम में ज्यादा लिया जाता है। कोई भी भाग पीपल का निरर्थक नहीं होता है। इसके फल, मूल, लकड़ी, छाल, पत्र, लाख आदि से हमे छांव, औषधि, शुद्ध हवा, रंग, स्याही व तेल प्राप्त होता है फिर भी हमारे देश में पीपल की संख्या क्यों घटती जा रही है। इस पर विचार करने पर एक ही समस्या सामने आई है कि इसका बीज सीधा बिजाई करने पर अंकुरित होने की बजाये पक्षी बिष्टा (ज्यादातर कौए की बीट) द्वारा बिखरने से ही अंकुरित होता है। इस समस्या से निपटने (निबटने) के लिए हमें फल पकने वाले समय पर पक्षियों की बिष्ठाओं को ईकट्ठा करना होगा और उनको जमीन में बिजाई करना होगा या फिर वर्षा काल में जहां–जहां भी उगे पीपल के छोटे–छोटे पौधों को खौज कर उचित स्थान पर उनका रोपण करना होगा। पक्षी विष्ठा से उत्पन्न पीपल के पौधे खण्डहरों, घरों की छतों आदि पर मिलें वहां से ऊखाड़ कर तथा फिर जहां जिस जगह पर पीपल के पेड़ की जरूरत है उस जगह पर वर्षा काल में या बसन्त ऋतु में रोपण कर देना चाहिए ताकि उचित स्थानों पर पीपल के पेड़ों की भारी बढोतरी हो जाए। पीपल वृक्ष को हरियाणा का राजकीय वृक्ष का दर्जा प्राप्त है इस पेड़ को हरियाणा राज्य का ही नहीं अपितु संसार का जनमानस का वृक्ष का दर्जा दिया जावे। यह इस वृक्ष का हक है। गीता में श्री कृष्ण ने कहा है कि वृक्षों में मैं पीपल हूँ। जब भगवान स्वयं को पीपल वृक्ष बताते हैं तो पीपल वृक्ष संसार का वृक्ष घोषित कर जाए तो अतिश्योक्ति नहीं होगी।

www.ingramcontent.com/pod-product-compliance
Lightning Source LLC
LaVergne TN
LVHW100403181026
850499LV00037B/585
9789390871230